첫차를 타는 당신에게

첫차를 타는 당신에게

서주희 지음

샘터

매일 아침
새롭게 다짐하는 당신에게

참으로 많은 사람들이 살기 어렵다고 한탄하는 요즘입니다. 일자리를 얻기 위해 열심히 공부한 청년들은 사회에 쉽게 발을 들이지 못해 고개를 떨굽니다. 취업이라는 좁은 틈을 비집고 들어간 뒤에는 먹고사는 데 급급해 어느덧 행복과는 거리가 먼 삶을 살아가는 자신을 발견하게 됩니다.

희망을 가지라는 말을 함부로 꺼내기에는 너무 아픈 세상에서 사람들에게 필요한 것은 무엇일까 생각해보았습니다. 위로나 공감, 따끔한 충고와 독설도 좋지만, 저는 무엇보다 열렬한 응원을 보내고 싶었습니다. 그래서 자신의 삶에 온전히 만족하기 위해 노력하는 이들에게 힘이 될 만한 이야기들을 모았습니다.

최선을 강요하는 것은 아닙니다. 늘 첫차를 타야 할 필요는 없으니까요. 하지만 누구에게나 그러고 싶은 날이 있는 법입니다. 그리고 그런 마음이야말로 무뎌져가는 나를 다시 일으켜 세우는 힘이 아닐까 합니다.

오랜 시간 사랑받고 있는 책《노란 손수건》이 가슴 따뜻한 이야기들을 담았다면,《첫차를 타는 당신에게》는 가슴이 뜨거워지는 이야기들을 소개합니다. 목표를 위해 최선을 다하는 자신과의 약속, 변화를 갈망하는 삶의 태도, 천천히 그러나 멈추지 않고 전진하는 끈기, 시련을 극복하는 인내와 그런 자신에 대한 신뢰 등 오늘을 열심히 사는 방법을 알려주는 특별한 이야기들입니다.

그 모든 것들은 이 책을 읽는 독자들에게 전하고자 하는 바이지만, 동시에 저 자신을 향한 다짐이기도 합니다. 제가 그랬듯, 인생의 또 다른 단계에 발을 디딘 사람들, 생각하지 못했던 벽에 부딪쳐 방황하는 사람들이 책 속 단 하나의 이야기, 단 한 줄의 문장에서라도 힘을 얻는다면 더 바랄 것이 없겠습니다. 그렇게만 된다면 여기 담긴 이야기들을 감히 희망의 메시지라 말할 수 있겠습니다.

지금의 처지와 상황이 좋지 않을지라도 새벽 첫차를 타고 직장으로, 또는 학교로 출발하겠다는 마음가짐처럼 새로운 용기를 가진다면 자신이 원하는 삶에 점점 더 다가갈 수 있다고 믿습니다. 이미 당신의 마음이 이른 새벽을 열고 있다면 고요한 아침은 당신의 것입니다.

부족한 제게 기회를 주신 샘터 출판사와, 좋은 책을 기획하고 제가 글을 쓰는 내내 적극적으로 도와주신 김민기 과장님, 멋진 책으로 만들어주신 박유진 차장님께 감사드립니다. 서점의 수많은 책들 사이에서 이 책을 선택해주신 독자 여러분에게도 더없는 감사의 마음을 전합니다.

2015년 1월
서주희

1장

인생에는
지름길이
없다

돌아가든 바로 가든 결국 닿는 곳은 같습니다.
한 걸음 한 걸음이 나의 여정이 됩니다.
자신의 길을 꾸준히 가는 자가 가장 빠릅니다.

마운틴 맨

우공이산(愚公移山)은 많은 사람들이 알고 있는 사자성어입니다. 그대로 풀이하자면 '우공이 산을 옮겼다'라는 뜻으로, 이에 얽힌 고사 또한 유명합니다.

옛날 중국 북산에 우공이라는 노인이 살았습니다. 그가 사는 곳에는 너비가 무려 700리에 이르고 높이가 1만 길이나 되는 태행산(太行山)과 왕옥산(王屋山)이 있었는데, 그 사이에 집이 있다 보니 여간 불편한 게 아니었습니다. 결국 우공은 두 산을 옮겨 길을 만들기로 결정합니다.

커다란 산을 사람의 힘으로 옮기겠다니, 가족들은 불가능한 일이라며 반대했습니다. 그러나 노인의 고집은 완강했고, 결국 아들과 손자까지 동원되어 세 사람은 산모퉁이의 흙을 퍼 나르기 시작했습니다. 이웃들은 우공을 비웃었습니다. 흙을 삼태기에 담아 바다로 가서 버린 다음 다시 돌아오는 데에만 1년이 걸렸기 때문입니다. 죽을 날도 얼마 남지 않았는데 그래 가지고 언제 산을 옮기겠냐는 물음에 우공은 이렇게 답했습니다.

"내가 죽어도 아들과 손자, 다시 그 아들과 손자가 이 일을 계속한다면 산도 점점 낮아질 것이고 언젠가는 길이 생기지 않겠소?"

우공의 말에 감동한 천제가 두 산을 각각 다른 곳에 옮겼다는 내용으로 이 이야기는 끝이 납니다.

우공이산의 교훈은 한마디로 '꾸준함의 승리'라고 할 수 있습니다. 불가능할 것만 같은 일도 계속해서 노력하다 보면 이룰 수 있다는 것입니다.

'불가능은 없다.' 스스로 다잡기 위해, 친구를 격려하기 위해 우리는 가끔 이렇게 말하지만, 어느덧 이 격언은 유명한 만큼이나 식상한 말이 되었습니다. '아무리 애써도 안 되는 일이 세상에 얼마나 많은데!' 하며 반발하는 사람도 있을 것입니다. 무리는 아닙니다. 천제가 산을 옮겨주었다는 결말처럼, 불가능한 일이 없다는 것 또한 옛이야기에나 등장하는 허황된 말처럼 느껴질지 모르겠습니다.

그런데 얼마 전, 우공이산의 고사를 현실화한 사람의 이야기가 인도의 신문 〈힌두타임스〉에 소개되었습니다. 사연의 주인공은 '다시랏 만지'라는 이름의 70대 노인입니다. 만지는 무려 22년 동안 집 근처의 산을 파내고 깎아서 그 반대편으로 이어지는 길을 만들었습니다.

그가 그런 엄청난 일을 벌이게 된 계기는 아내의 죽음이었습니다. 50여 년도 더 되었지만, 그는 그 일을 잊지 못한다고 합니다. 당시 만지의 아내는 크게 다쳤고, 만지는 산 너머에 있는 병원에 가기 위해 아내를 데리고 산에 올랐습니다. 그러나 험한 길 위에서 오랜 시간을 보내야 했던 아내는 고통을 견디지 못하고 결국 세상을 떠났습니다. 다른 사람들이 자신의 아내처럼 속수무책으로 죽어가기를 원치 않았던 만지는 산을 깎아 길을 내자고 다짐했습니다. 그것이 안타깝게 죽은 아내를 기리는 일이라고 믿었습니다.

그는 염소를 팔아 망치와 정을 마련한 뒤, 단단한 돌산에 덤벼들었습니다. 험한 날씨나 주변의 손가락질에도 아랑곳 않고 쉼 없이 망치질을 하는 동안 22년이라는 시간이 흘렀습니다. 마침내 길이 110미터, 폭 8미터의 길이 완성되었습니다. 산의 능선이 갑자기 끊어지는 곳, 두 개의 벼랑 사이에 길은 얌전히 누워 있습니다. 이제 마을에서 새로 생긴 길을 따라 15킬로미터만 걸어가면 병원에 도착합니다. 길이 생기기 전에는 무려 55킬로미터에 달하는 거리였다고 합니다.

만지는 2007년에 아내를 따라 세상을 떠났지만, 지금도 인도의 많은 사람들에게 '마운틴 맨'으로 기억되고 있습니다. 그의 이야기는 다른 여러 나라의 매체들에 소개되었고, 곧 영화로도 제작될 예정입니다.

만지는 젊지 않았고, 남보다 힘이 세지도 않았습니다. 재산도 많지 않았으며, 기계를 사용하거나 다른 사람의 도움을 받은 적도 없습니다. 그에게 있어 산을 깎아 길을 내는 방법은 단 하나, 끊임없이 그 일에 매진하는 것뿐이었습니다. 그는 그저 자신의 끈기를 믿고 인내하고 노력했던 것입니다.

불가능을 가능으로 바꾼 힘. 그것은 힘도 돈도 아닌, 바로 꾸준함이었습니다.

한번 시작하면
결코 멈출 수도 포기할 수도 없는
일이 있습니다.

그것을 우리는 사명이라고 합니다.

마지막 5분

바람이 송곳처럼 피부를 찌르는 날이었습니다. 얼어붙은 대륙의 혹독한 추위 때문인지, 시시각각 다가오는 형 집행에 대한 두려움 때문인지 죄수들은 하나같이 오들오들 떨고 있었습니다. 땅에 꽂혀 있는 말뚝들 앞에 죽 늘어선 그들의 표정은 절망적이라기보다 얼떨떨한 듯 보였습니다.

그들 가운데 서 있던 한 청년은 사형 선고문을 들으며 흐려지는 정신을 붙잡으려 애썼습니다. 총살형이라니, 도무지 믿을 수가 없었습니다. 수감된 지 8개월이 지난 후였고, 으레 그러했듯 이제는 풀려나리라 생각하고 있었습니다. 그러나 막상 끌려나온 곳은 단두대가 놓여 있는 스산한 형장이었습니다.

사형수들에게 마지막으로 5분이라는 시간이 주어졌습니다. 채 서른이 되지 않은 그 청년은 이 시간을 어떻게 보내야 할까 고민했습니다. 5분은 야속하리만치 빨리 지나가버렸고, 총부리가 그를 향했습니다. 죽음이 곁으로 바짝 다가선 느낌이었습니다.

그때였습니다. 누군가 흰 손수건을 흔들며 달려와 사격을 중지하라고 외쳤습니다. 황제의 특명을 전하러 온 병사였습니다. 사형은 4년간의 시베리아 노동으로 감면되었고, 그 소식을 들은 죄수들은 안도의 한숨을 내뱉으며 너나 할 것 없이 뜨거운 눈물을 흘렸습니다. 막 숨이 끊기려는 순간 도로 강에 던져진 물고기처럼, 그 청년 또한 몸속의 피가 펄떡이는 것을 느꼈습니다. 그의 이름은 도스토옙스키. 훗날 대문호로 명성을 떨치게 되는 러시아의 작가입니다.

갑작스러운 사형선고와 극적으로 이어진 선고 철회는 당시 러시아 황제였던 니콜라이 1세의 계략이었습니다. 도스토옙스키를 비롯한 죄수들은 대부분 지식인 계층으로, 사회주의에 관한 책을 읽고 공부하는 모임을 만들었다는 게 죄목이었습니다. 그에 대한 처벌은 시베리아 유형으로 이미 확정되었으나, 황제는 그들과 비슷한 사상을 가진 이들의 간담을 서늘하게 하고자 마치 사형이 선고된 것처럼 꾸몄습니다. 아슬아슬한 구출 시나리오는 위기의 순간 죄수들의 목숨을 구해주는 자비로운 황제로 행세하기 위한 것이었습니다.

니콜라이 1세가 원한 대로 그들의 마음에 황제를 향한 충성심이 생겨났는지는 알 수 없지만, 생사의 갈림길에 섰던 그 경험이 도스토옙스키의 삶을 변화시킨 것만은 확실합니다. 그때의 경험을 바탕으로 쓴 소설 《백치》에서 그는 당시의 심정을 털어놓고 있습니다. 소설 속 주인공은 죽기 전에 허락된 시간을, 동료들을 향한 작별 인사와 삶을 되돌아보는 데 2분씩 쓰기로 합니다. 마지막 1분 동안은 주위 풍경을 바라봅니다. 과거와 미래의 개념조차 없는 죽음의 세계로 향하기 전, 5분이라는 짧은 시간은 그에게 다른 어떤 것보다 고귀한 보물처럼 느껴집니다.

'만일 죽음을 면하게 되면 그 후의 시간은 얼마나 무한하게 느껴질 것인가, 그렇게만 된다면 1분의 1초를 정확히 계산해 한순간도 낭비하지 않겠다.'

《백치》속 주인공이 한 말은 글쓴이인 도스토옙스키의 다짐이기도 했습니다. 이 위대한 작가는 매 순간의 소중함과 그 소중함으로 채워진 삶의 행복을 깨달은 것입니다. 시베리아의 열악한 환경을 버텨낼 수 있었던 것은 그러한 깨달음 덕분이었습니다. 도스토옙스키는 고된 노동 중에도 살아 있음에 감사하며 머릿속으로 소설을 구상했습니다. 형을 마친 이후에는 작품 활동에 힘을 쏟았습니다. 한때는 노름빚에 시달리는 등, 과거의 다짐대로 충실하게 사는 데 실패하기도 했지만, 그러는 중에도 손에서 펜을 놓지 않은 채 《죄와 벌》 같은 세기의 명작을 써냈습니다. 《백치》 또한 이 시기에 완성한 작품입니다.

매 순간 바쁘게 사는 사람은 많지만, 매 순간을 충실하게 살아내는 사람은 그리 많지 않습니다. 머리로는 시간의 중요성을 알면서도 그 사실을 가슴으로 절실하게 느끼지는 못합니다. 오늘 할 일을 내일로 미루거나 미래의 풍요를 위해 현재의 기쁨을 포기하는 것 또한 시간은 항상 충분하리라는 착각 탓입니다.

아무렇지 않게 흘려보냈던 시간을 귀하게 활용해보세요. 가족과 친구들에게 마음을 표현하거나 아끼는 책의 한 페이지를 다시 읽는 것은 어떨까요? 늘 지나쳤던 풍경을 자세히 바라보는 것, 하고 싶은 일의 목록을 작성하는 것도 좋습니다.

'인생은 5분의 연속이다.'

도스토옙스키는 이렇게 말했습니다. 한 알의 모래가 모여 해변을 이루듯, 5분의 중요성을 깨닫는 순간 우리의 삶도 변하기 시작할 것입니다.

눈앞에 닥친 죽음을 면했다면
그 후의 시간은 무한하게 느껴질 것입니다.
하지만 그런 경험을 겪지 않는다 해도,
지금 이 순간의 시간은 늘 똑같이 흐르고 있습니다.

어떻게 느끼느냐에 따라 '지금'이 달라집니다.
지금을 다르게 보낸다면 삶 자체도 달라집니다.

매일 첫차로

매일 같은 시간에 일어납니다. 매일 같은 시간에 집을 나서고, 매일 같은 버스를 타고, 매일 같은 전철을 탑니다. 매일 같은 회사로 출근하고, 매일 같은 사람들과 일합니다. 매일 같은 시간에 퇴근하고 출근할 때와 같은 길로 돌아갑니다.

이렇게 적고 보니 삶이란 매일 똑같이 반복되기만 하는 것 같습니다. 참 재미없게 느껴집니다. 지루하고 지겹기만 합니다. 그래서 어쩌면 우리는 그 시곗바늘을 잠시 멈추거나 되돌리기를 원하며 일탈과 휴식을 꿈꾸나 봅니다.

그러나 결국은 제자리로 돌아와야 하고, 어느새 다시 같은 자리에 서 있습니다.

왜 이렇게 늘 똑같이 살아야 할까요? 이런 시간들에 어떤 의미가 있을까요?

우리는 영화 같은 삶을 동경하고 꿈꾸면서, 반복되기도 하고 사소하기도 한 일상의 소중함을 쉽게 놓치곤 합니다. 작은 소리들이 모이면 거대한 합창이 되듯, 하나의 단순한 목표를 이루며 살아가는 하루하루가 모여 인생이 바뀐 이야기가 있습니다.

일본의 조치 대학 와타나베 교수는 저서를 통해 친구 스기모토(가명) 씨의 사례를 소개한 바 있습니다.

스기모토 씨는 사회 초년생 시절, 다른 사람들처럼 쓰고 또다시 지우곤 하는 거창한 목표를 세우지 않았습니다. 스스로 매일 실천할 수 있는 소박한 목표 하나만 정했을 뿐입니다. 그것은 '매일 첫차로 출근한다'라는 자신과의 약속이었습니다.

스기모토 씨는 매일 새벽 5시경에 집을 나서 승객이 거의 없는 전철에 몸을 실었습니다. 그렇게 매일 첫차를 타고 출근했습니다. 그리고 조용하고 한가한 그 시간을 이용해 책을 읽었습니다. 아무도 없는 사무실에 6시쯤 도착해 보온병에 담아 온 홍차와 함께 간단히 아침 식사를 했습니다. 그러고 직장인으로서 본격적인 업무를 시작하는 9시까지, 매일 세 시간씩 번역 작업을 했습니다.

물론 처음부터 능숙하지는 않았습니다. 그러나 잘하고 못하고는 그에게 중요하지 않았습니다. 그저, 누구보다 하루를 일찍 시작하면서 하고 싶은 일을 할 뿐이었습니다. 일찍 시작된 하루가 그에게 준 자그마한 자유였으므로, 그저 즐기면 그만이었습니다. 스기모토 씨에게 중요한 것은 '매일 첫차로 출근한다'는 단 하나의 약속뿐이었습니다.

그렇게 30년이 흘렀습니다. 어느덧 그는 회사의 중역이 되었습니다. 어찌 보면 당연했습니다. 누구보다 일찍 하루를 시작했던 그는 맑은 정신으로 남보다 먼저 고민하고 준비하는 사람으로 살 수밖에 없었습니다. 사람들은 그를 깊이 신뢰합니다. 언제나 가장 먼저 출근하는 사람. 가장 먼저 시작하는 사람. 그리고 늘 준비가 되어 있는 사람으로.

스기모토 씨는 이른 아침 시간을 이용해 꾸준히 독서하고 꾸준히 번역했습니다. 물론 그 자체가 목표는 아니었습니다. 스스로에게 선물한 자신만의 시간을 가장 손쉽게, 하지만 제대로 즐기기 위해서

였습니다. 그러나 그 습관의 더께는 무려 30년이라는 시간이었습니다. 그는 그동안 공부해오며 쌓은 실력을 인정받아, 국립대학 교수직을 제안받기도 했습니다.

우리는 더 나은 인생을 살고자 큰 목표를 세웁니다. 그리고 이를 이루기 위해 작은 목표들까지 세웁니다. 그 목표들을 이루고자 자신의 생활을 관리하려 합니다. 빡빡한 일정을 짜고, 그에 맞춰 살자고 거듭 다짐합니다. 그리고 계획대로 아주 열심히 하지만, 고작 며칠을 넘기지 못하고 새로 다짐하고 일정을 짜고 목표를 만듭니다. 그렇게 몇 번 반복하다 원래의 생활로 돌아가곤 합니다.

커다란 목표를 달성하기란 참 어렵습니다. 작은 목표와 일상을 관리하는 것마저, 무엇 하나 쉬운 게 없습니다. 그래서 인생을 바꾸기란 너무 힘듭니다. 그러나 인생을 바꾸기보다는 하루를 바꾸기가 쉽고, 하루를 바꾸기보다는 한두 시간을 바꾸기가 쉽습니다. 그렇게 가능한 만큼 바꾸는 노력을 꾸준히 이어갈 때 변화는 시작됩니다.

"모두가 세상을 변화시키려 들지만, 정작 스스로 변하고자 하는 사람은 드물다."

러시아의 대문호 톨스토이가 한 말입니다.

작지만 소중한 자신과의 약속을 지키는 것이야말로 큰 변화의 시작입니다. 그리고 그런 한 사람의 변화가 세상을 바꾸는 힘이 됩니다.

첫차는 당신이 승차하든 안 하든, 오늘도 그 자리 그 시각에 출발합니다.

○

남과 다른
습관 하나가

남과 다른
나를 만듭니다.

착 각 과 진 실

　　2007년, 영국의 과학 잡지 〈뉴사이언티스트〉에는 흥미로운 실험에 관한 기사가 실렸습니다. 그 실험은 다음과 같이 진행됩니다. 피실험자가 테이블 앞에 앉아 그 위에 자신의 한쪽 손을 올리면, 실험을 진행하는 사람이 그 손을 가리고 대신 고무로 만든 손 모형을 놓아둡니다. 피실험자의 눈에는 자신의 손이 아닌 고무손이 보이는 상황입니다. 그런 다음, 실험자가 붓을 이용해 피실험자의 손과 고무손 위를 동시에 문지릅니다. 피실험자는 자신의 진짜 손을 통해 붓으로 인한 자극을 느끼게 됩니다. 지극히 당연한 일입니다.

그런데 약간의 시간이 지나면 혼란이 찾아옵니다. 고무로 만든 손이 마치 자신의 손인 것처럼 여겨지는 것입니다. 시간이 조금 더 흐른 뒤에는 실험자가 고무손에만 붓을 문질러도 마치 자신의 진짜 손에 문지르고 있는 듯한 착각에 빠집니다. 붓이 닿은 곳은 자신의 손이 아니라 고무손이라는 사실을 눈으로 빤히 보고 있는데, 대체 왜 그런 느낌이 드는 것일까요?

과학계에서는 이를 '고무손 착각' 현상이라고 합니다. 시각 정보와 촉각 정보를 일치시키고자 하는 뇌 작용이 그 원인입니다. 분명 자극은 느껴지는데 눈앞에 고무손이 보이기 때문에, 자극을 받고 있는 자신의 손과 눈으로 보고 있는 고무손을 같은 것으로 인식하게 되는 것입니다.

뇌에는 빈틈이 많습니다. 버스 안에서 책을 읽을 때 멀미가 나는 이유는, 움직이는 몸과 달리 눈이 멈춰 있어 뇌가 상황을 파악하지 못하고 혼란을 일으키는 탓입니다. 레몬처럼 시큼한 음식을 떠올릴 때마다 입안에 침이 고이는 것 또한 상상과 현실을 구분하지 못하는 뇌 때문입니다. 멈춰 있는 기차에 앉아 있는데 다른 기차가 바로 그 옆을 달리고 있으면 어떨까요? 마치 자신이 탄 기차가 움직이는 것처럼 느껴집니다.

감각뿐 아니라 다른 면에 있어서도 사람들은 자주 착각에 빠집니다. 인간에게는 누구나 자신이 생각하는 대로 믿으려는 경향이 있기 때문입니다. 그것이 긍정적인 부분이든 부정적인 부분이든 마찬가지입니다.

코에 콤플렉스가 있는 사람의 경우, 길을 걷다 누군가가 자신의 얼굴을 쳐다보면 코 때문일 거라고 생각합니다. 사실은 우연히 눈이 마주쳤을 뿐인데도 말입니다. 수많은 사람들을 대상으로 한 '오늘의 운세'를 보며 "이건 바로 내 이야기야!" 하고 놀라는 이유도 그런 부분만을 골라 읽고 마음에 새기는 까닭입니다. 이 정도면 인간을 착각의 동물이라 불러도 될 것 같습니다.

긍정적인 착각이 지닌 효과는 한때 화제가 되었습니다. 착각에는 대개 어떤 바람이나 욕구가 반영되어 있기 때문에, 긍정적인 착각에 빠져 살면 실제로 그렇게 될 확률이 커진다는 게 요지입니다. 예를 들어 '나는 유명한 패션 디자이너다'라는 생각으로 끊임없이 노력하면 정말 그렇게 될 확률이 높아진다는 겁니다. 간절하게 바라면 언젠가 이루어진다는 말과도 같은 맥락입니다.

긍정적인 착각도, 간절한 꿈도 사람에게 좋은 영향을 줄 수 있습니다. 그런데 정작 중요한 것은 그다음 단계입니다. 착각이나 꿈은 노력의 동기부여가 되는 것이지, 노력 그 자체는 아니라는 점을 우리는 알아야 합니다. 모든 것은 마음먹기에 달렸다고 하지만, 그 말은 마음먹은 것을 제대로 실천했을 경우에만 해당되는 것입니다.

마음먹은 바를 행동으로 옮기고 있나요? 항상 머릿속으로만 계획을 세우면서 그래도 뭔가 하고 있다고 생각하는 건 아닌가요? 아무것도 하지 않으면서 간절히 꿈꾸면 다 잘될 거라고 스스로에게 최면을 걸고 있지는 않나요?

우리는 가끔 생각한 것을 행동한 것으로 착각합니다. 촉각 정보와 시각 정보를 일치시키려는 뇌처럼, 우리의 마음은 생각과 행동이 매한가지라 믿고 싶은 것인지도 모릅니다. 그러나 아무리 구체적으로 상상한다 해도 현실에서 구체적으로 노력하지 않는다면 아무런 결과도 얻을 수 없습니다.

생각했다면 움직이세요. 머릿속에 갇혀 있는 꿈은 현실에서 이루어지지 않습니다.

우리는 가끔 생각한 것을 행동한 것으로 착각합니다.
어떤 때는 타인에 대해서도 그렇습니다.
그는 그런 사람이라 생각하다가,
그가 그렇게 행동했을 것이라 여기는 경우입니다.

그래서 착각은
나에게도 심각하지만
사회에도 미치는 영향이 큽니다.

우리 안의 가능성

헐크 호건과 워리어, 부커 T, 스캇 홀. 이 이름들을 기억한다면 어린 시절 한번쯤은 프로레슬링에 열광했던 사람일 것입니다. 이들이 등장했던 프로레슬링 경기는 정해진 구성에 따라 화려한 격투기술을 보이며 쇼를 벌이는 것으로, 미국에서는 여전히 많은 팬들의 사랑을 받고 있습니다.

한국에서도 프로레슬링이 큰 인기를 끌던 시절, 다이아몬드 댈러스 페이지라는 선수가 있었습니다. 'DDP'로도 불렸던 그는 '다이아몬드 커터'라는 특기로 유명한 프로레슬러였습니다.

스타가 되기까지 그는 만만치 않은 시간을 보냈습니다. 처음 데 뷔하고 얼마 지나지 않아 무릎 부상을 입은 탓에 한동안은 다른 선수들의 매니저로 일해야 했습니다. 꿈을 포기할 수 없었던 그가 정식으로 프로레슬러가 된 나이는 35세. 무려 마흔을 앞두고서야 타이틀 벨트를 차지했습니다. 각본대로 흘러가는 경기에서 댈러스는 늘 멋진 역할이었고, 자신의 캐릭터를 훌륭하게 소화해내며 많은 팬들의 마음을 사로잡았습니다.

그러나 불행은 다시 찾아왔습니다. 그가 속해 있던 레슬링 단체인 WCW가 망하고 다른 프로레슬링 단체들을 모두 흡수한 WWF가 WWE로 이름을 바꾸면서 전과 달리 악역을 맡게 된 것입니다. 인기는 자연히 사그라졌습니다. 허리 디스크도 심해져 댈러스는 결국 쓸쓸하게 은퇴하고 말았습니다.

허리 디스크를 비롯한 크고 작은 부상과 극한 운동으로 인한 후유증은 그를 더욱 초라하게 만들었습니다. 꾸준한 치료에도 효과가 없어 지쳐갈 즈음, 그의 아내는 남편에게 요가를 권했습니다. 댈러스는 딱 잘라 거절했다고 합니다. 대부분의 프로레슬러들과 같이 그 또한 사내다운 매력과 힘을 과시하는 마초 성향의 남자였고, 그런 그에게 있어 요가는 여자들이나 하는 운동으로 보였기 때문입니다.

아내의 끈질긴 권유로 시작한 요가를 통해 허리가 점점 나아지는 것을 느끼면서 그는 생각을 바꿉니다. 댈러스는 요가의 효과에 놀랐고, 선수 시절에 했던 근력 운동을 요가에 결합해 새로운 운동을 개발한 뒤 자신의 닉네임을 붙여 'DDP 요가'라고 불렀습니다.

프로레슬링과 요가는 서로 어울리지 않는 운동처럼 보이지만, 댈러스가 개발한 요가는 신체 능력을 끌어올리는 데 초점을 맞추어 실제로 많은 프로레슬러들의 재활에 도움이 되었습니다. 댈러스는 고통을 극복한 자신의 경험을 토대로, 몸이 좋지 않거나 체중이 많이 나가 고생하는 사람들에게도 '할 수 있다'라는 믿음을 주며 DDP 요가를 가르치고 있습니다.

DDP 요가를 통해 드라마틱한 효과를 본 사람 중 한 명은 자신의 스토리를 담은 동영상으로 유명해진 아서 부어맨입니다. 유튜브를 통해 공개된 짤막한 영상은 엄청난 조회수를 기록했고, 그는 세계적으로 유명해졌습니다. 그가 영화배우처럼 잘생겨서도, 보자마자 입이 떡 벌어질 만한 재주를 가져서도 아닙니다. 영상 속에 등장하는 남자는 배가 불룩 튀어나온 뚱뚱한 몸에 못난 얼굴인 데다 잘 걷지 못해 목발을 짚고 있습니다.

'지난 15년간, 의사들은 내가 다시는 걷지 못할 것이라고 했다.'

이런 문장으로 아서 부어맨의 사연은 시작됩니다. 그는 걸프전에 참전했다가 낙하산 사고로 척추와 무릎을 다쳤습니다. 어느 병원에 가보아도 검사 결과는 절망적이었고, 목발에 의지하지 않으면 걸을 수 없다는 참담한 현실을 받아들일 수밖에 없었습니다.

그로부터 15년이 지나는 동안 거의 움직이지 못한 아서 부어맨은 심하게 불어난 체중 때문에 고민했습니다. 건강도 눈에 띄게 나빠지자, 결국 그는 살을 빼기 위해 요가를 배우기로 결심합니다. 그리고 유명한 요가 강사들에게 연락해 교육을 부탁했습니다. 그러나 걷기는커녕 제대로 서지도 못하는 그에게 요가를 가르쳐주겠다는 사람은 없었습니다. 병원에서도 불가능하다고 했던 일이니 어차피 안 될 거라며 모두 고개를 저을 뿐이었습니다.

그때 '당신도 할 수 있다'고 주장한 유일한 요가 강사가 바로 댈러스였습니다. 단 한 사람의 믿음에 힘입어 아서 부어맨은 DDP 요가를 시작합니다. 처음에는 자세를 잡지 못하고 자꾸만 옆으로 쓰러지지만, 수없이 넘어지면서도 계속 다시 일어나는 그의 모습이 영상에 담겨 있습니다. 그는 포기하지 않았고, 시간이 지날수록 줄어드는 살을 확인하며 희망을 갖게 되었습니다. 물구나무서기, 팔굽혀펴기 등 점점 더 어려운 동작을 해내기 위해 애쓰는 동안 목발에 의지한 걸음도 한결 자연스러워집니다.

몸무게가 거의 300파운드, 즉 135킬로그램에 육박했던 아서 부어맨은 마침내 63킬로그램을 감량하는 데 성공합니다. 그러나, 더욱 중요한 사실은 그가 스스로 걷고 달릴 수 있게 되었다는 것입니다. 건강한 몸으로 힘차게 뛰는 그의 모습은 영상을 보는 모든 이들의 코끝을 시큰하게 합니다.

그는 말합니다. 자신이 할 수 있는 일에 대해 과소평가하지 말라고. 다른 사람들이 불가능하다고 할 때, 그 말을 그대로 받아들이지

말라고 말입니다. 요가 강사 댈러스에게 전하는 인사로 영상은 끝납니다.

　우리는 영화와 소설을 통해 아름다운 이야기를 자주 접하지만, 우리 주변에는 그보다 더 감동적인 일들이 일어납니다. 노숙자로, 또는 청소부로 살다가 하버드에 입학한 학생들의 사연, 양팔이 없는 대신 발가락 사이에 붓을 끼우고 그림을 그리는 구족화가, 한쪽 다리에 의족을 장착한 채 서핑을 즐기는 서퍼……. 불가능할 것만 같지만 분명 누군가에게는 가능했던 일들입니다.

그들은 자기 자신을 믿었고, 할 수 있다는 믿음 하나로 원하는 것을 해냈습니다. 과정은 각자 달랐겠지만 차이는 크지 않습니다. 아서 부어맨의 말처럼, 자신의 능력을 무시하지 마세요. 우리는 생각하는 것보다 훨씬 놀라운 힘과 가능성을 가지고 있으니까요. 그 사실을 믿느냐에 따라 우리의 앞날 또한 달라질 것입니다.

모두가 나를 믿어도
단 한 사람이 믿지 않으면
실의에 빠지고 맙니다.

그 한 사람은 나입니다.

창업의 목표

고요한 새벽의 실리콘밸리, 아무도 없는 작은 사무실 안에 한 남자가 우두커니 앉아 있었습니다. 표정에는 절망감이 가득했으며, 한편으로는 곤혹스러운 듯 보였습니다. 키보드 위에 있는 손가락들은 느릿하게 움직이다가 멈추기를 반복했습니다.

남자는 회사의 대표로서 직원들에게 이메일을 쓰는 중이었습니다. 그동안 함께 노력해주어 고맙다는 내용을 담은 작별의 편지였습니다. 재정적인 어려움으로 인해 더 이상 회사를 꾸려나갈 수 없는 상황이 된 것입니다.

한숨을 쉬며 글을 마무리하려던 순간, 남자에게 이메일 한 통이 도착했습니다. 그의 회사에서 개발한 애플리케이션을 잘 사용하고 있다는 내용이었습니다. 지금껏 했던 일이 헛되지 않았다는 생각에 힘없이 미소 짓던 남자는 알 수 없는 사람이 보낸 그 이메일의 마지막 문장을 읽고 눈을 의심했습니다. '투자가 필요하면 나에게 이야기하라'는 말이 있었기 때문입니다. 결국 사라질 위기에 처했던 회사는 다시 일어섰고, 시간이 지날수록 승승장구해 무려 7천만 달러의 투자액이 몰릴 정도로 세간의 주목을 받게 되었습니다.

혼자 남아 직원들에게 이메일을 쓰던 남자의 이름은 필 리빈. 메모앱 '에버노트'를 만든 사람입니다. 동명의 회사 에버노트의 최고경영자이기도 한 그는 어린 시절부터 창업을 생각했을 정도로 천생 사업가였습니다. 인터넷 소프트웨어 개발업체 '엔진파이브'를 설립하는 등 두 번이나 회사를 세워 운영하다가 흥미가 사라지자 매각했고, 정말로 하고 싶었던 일을 하기 위해 2006년 에버노트를 시작했습니다.

현재 에버노트는 전 세계에서 가장 많은 사람들이 사용하는 메모앱으로, 계속해서 사용자 수가 빠르게 증가하고 있습니다. 빡빡한 스케줄에 시달리는 사람들은 '제2의 두뇌'를 표방한 이 앱에 열광했습니다. 단순히 생각하면 그저 메모장일 뿐입니다. 그러나 종이쪽지와 달리 잃어버릴 염려도 없는 데다 글과 사진, 음성을 비롯한 각종 파일을 스마트폰과 PC, 웹상에 쉽게 저장해두고 어디서든 꺼내볼 수 있다는 점, 사진 속 글씨까지 인식한다는 점이 현대인들을 사로잡았습니다. 국내에도 에버노트 사용자들의 모임이 아주 활발할 만큼, 그 기능에 대한 호기심과 만족도가 높기로 유명합니다.

해마다 매출이 급증하면서 에버노트는 현재 1조 원이 넘는 기업 가치를 인정받고 있습니다. 400명 정도인 직원 수와 회사 규모를 감안하면 엄청난 금액입니다. 상황이 이렇다 보니 회사를 매각하라는 유혹 또한 만만치 않지만, 필 리빈은 이전과 달리 회사를 팔 생각이 전혀 없다고 밝혔습니다.

돈을 벌 줄 모른다며 그를 손가락질하는 사람들도 있습니다. 가치가 높을 때 회사를 팔아야 큰 이익을 얻을 수 있을 테니까요. 만일 리빈이 부자가 되기 위해 사업을 했다면 망설이지 않고 매각을 결정했을 것입니다.

그러나 그가 에버노트를 설립한 진짜 이유는 '컴퓨터를 이용해 인류를 더욱 똑똑하게 만들겠다'는 어린 시절의 포부 때문이었습니다. 점점 바빠지는 만큼 점점 더 많은 것을 잊어버리는 사람들의 기억을 돕는 방식으로, 그는 뜻한 바를 실천하고 있습니다.

나이를 불문하고 창업을 원하는 사람이 참 많습니다. 회사 다니는 게 적성에 맞지 않아서, 내 가게를 갖고 싶어서, 퇴직 후 따로 할 일이 없어서……. 이유는 다양합니다. 돈이 목적인 사람도 상당수입니다. 월급쟁이는 큰돈을 만지기 어렵지만 사업을 하면 부자가 될 수 있으리라고 생각하기 때문입니다.

그런 사람들에게 필 리빈은 차라리 유명 기업에 취직해서 경력을 쌓으라고 충고합니다. '돈을 벌겠다'는 욕심 대신 '돈을 못 벌어도 좋다'는 마음가짐으로 몸을 던져 일하지 않으면, 창업에 있어 절대 장밋빛 미래를 기대할 수 없다는 게 그의 의견입니다.

실제로 창업에 도전한 많은 사람들이 쓰디쓴 실패를 맛봅니다. 그저 부자가 되겠다는 열망만 가진 사람은 생각만큼 돈이 벌리지 않으면 목표를 잃어버려 좌절하게 되고, 일을 쉽게 포기하고 맙니다. 그러나 자신이 하는 일을 통해 이루고자 하는 것이 있다면 설령 위기를 맞는다 해도 극복할 힘을 얻습니다. 필 리빈 또한 '사람들에게 편의를 주는 기술'이라는 목표를 향한 의지가 강했기에 지금과 같은 성공을 거머쥘 수 있었습니다. 그는 에버노트를 세계 1위 기업이 아닌 100년 기업으로 만들겠다는 포부를 실현하기 위해 여전히 즐겁게 일하고 있습니다.

창업에만 국한된 이야기는 아닐 것입니다. 지금 하고자 하는 일이 있다면 왜 하고 싶은지 한번 생각해봅시다. 수입, 적성, 여가 시간 등 다양한 이유가 있겠지만, 가장 염두에 두어야 할 점은 '그 일을 통해 이루고자 하는 뜻이 무엇인가'입니다.

필 리빈의 충고를 기억하세요.

고객이나 투자자에게,

우리는 돈 자체가 목적이라고
설명하는 회사는 없습니다.

새로 시작하기
좋은 나이

취업 불황과 불투명한 미래 때문에 졸업을 미루는 대학생들이 많다고 합니다. 졸업이 늦어지니 자연히 뒤늦게 사회생활을 시작하는 젊은이들도 많습니다. '요즘 같은 때에 다들 그렇지' 싶었는데, 막상 사회에 나와 보면 어쩐 일인지 벌써 승진한 친구도 있고, 일찌감치 자리를 잡은 지인도 있습니다. 그런 사람들을 볼 때마다 점점 초조해집니다. 얼른 경력을 쌓고 벌어진 차이를 좁혀야 한다는 생각에 마음이 급합니다. 어떻게든 돈벌이는 해야겠다며 뛰어든 일이 잘 맞지 않을 때는 더욱 큰 고민에 빠집니다. 새로운 일을 시작하기에는 너무 늦은 것만 같습니다. 어린 나이라면 무작정 이것저것 해보겠지만 이제 그럴 나이는 아니라며 대부분 고개를 젓고 맙니다.

'쿼라(Quora)'라는 웹사이트가 있습니다. 소셜 Q&A 서비스인 쿼라는 질문과 관계없는 답변이나 질 낮은 답변 내용, 광고성 글 등 기존 지식검색의 문제점을 해결하기 위해 애덤 디안젤로와 찰리 치버가 함께 개발해낸, 지식검색과 소셜 네트워크의 결합체라고 할 수 있습니다.

쿼라에는 중복되는 질문을 막거나, 사용자들의 투표를 통해 잘못된 답변을 걸러내는 기능이 있습니다. 마치 트위터처럼 각 질문과 관련 내용을 팔로우할 수도 있는데, 질문자와 답변자의 프로필이나 활동 내역 확인은 물론, 메시지 교환도 가능합니다. 공통 관심사를 가진 사람들이 폭넓은 관계를 맺을 수 있는 시스템인 셈입니다. 쿼라는 무엇보다도 전문가들이 활발히 참여한 덕분에 사용자들의 신뢰를 얻었습니다. 질문자가 궁금해하는 점을 정확하게 알려줄 수 있는 직종의 사람이 직접 대답하는 경우도 많습니다.

한번은 이곳에 장난 같으면서도 조금은 공격적인 내용의 질문이 올라왔습니다.

– 실리콘밸리에 있는 사람들은 35세가 넘으면 어떤 일을 하나요?

이어서 질문자는 크게 성공하지 못하는 이상 실리콘밸리에서의 삶은 대개 서른다섯 살에 끝난다고 들었다는 말과 함께, 그 후에는 다들 무엇을 할 생각인지 궁금하다고 다시 한 번 묻습니다. 전자와 컴퓨터 산업을 중심으로 최첨단 기술을 연구하는 실리콘밸리에서 나이 든 사람들이 무슨 일을 시작할 수 있겠냐는 투였습니다. 열아홉 살에 마이크로소프트를 창업한 빌 게이츠나 대학 시절 페이스북을 만든 마크 주커버그 같은 인물을 염두에 둔 말이기도 했습니다.

그런데 그 질문에 대해 수많은 답변이 달려 사람들을 놀라게 했습니다.

– 나는 서른다섯 살이 되던 해에 위키피디아를 만들었습니다. 서른여덟 살에는 위키아를 만들었어요. 질문의 전제가 잘못되었네요. 굳이 바꾸자면 이게 더 나은 질문일 겁니다. '굉장히 젊은 나이에 이 바닥에서 성공하는 것이 일반적인 일은 아니라는 걸 사람들에게 어떻게 설명해야 할까요?'

이렇게 답한 위키피디아의 창업자 지미 웨일스에 이어 관련 업계의 대표적인 기업인들이 줄줄이 글을 올렸기 때문입니다. 그들은 저마다 30~40대에야 지금 하고 있는 일을 시작했다고 고백합니다.

판도라 창업자 팀 웨스터그렌은 30대나 40대가 무언가를 시작하기에 가장 좋은 시기이며, 좀 더 성숙하면서도 여전히 체력이 충분한 때라고 대답했습니다. 넷플릭스의 CEO 리드 헤이스팅스는 자신이 37세에 넷플릭스 DVD 렌탈을, 47세에 처음 스트리밍 서비스를 시작한 사실을 근거로 서른다섯 이후도 나쁘지 않다는 글을 남겼고, 39세에 기가옴을 시작했다는 기가옴 설립자인 옴 말릭의 충고 역시 새로운 것을 시작하고 만드는 시도가 나이에 좌우되어서는 안 된다는 내용이었습니다.

누군가 무심코 올린 질문에 내로라하는 유명 기업인들이 내놓은 답변은 짧지만 분명한 메시지를 담고 있습니다. 새로운 일을 시작하기 좋은 나이란 따로 있지 않다는 점입니다.

페이스북 창업자 마크 주커버그처럼 기막힌 발상과 패기로 뭉친 젊은 창업자의 성공 신화는 모르는 사람이 없을 만큼 유명하지만, 사실은 훨씬 더 많은 사람들이 그보다 늦은 나이에 새로운 일을 시작했고, 또 성공했다는 것을 우리는 알아야 합니다. 이제는 그들의 이야기에 귀를 기울여야 할 것 같습니다. 우리가 아직 늦지 않았다는 사실을 깨닫기 위해서라도 말입니다.

●

'새로운 일은 몇 살에 시작해야 하는가?'

가장 정확한 대답은
본인 마음대로입니다.

2장

백 년을
살더라도
천 년을
계획하라

인생은 유한합니다.
그렇다고 오늘을 포기할 수 없습니다.
영원히 살 것처럼 내일을 꿈꾸면
오늘은 최고의 날이 됩니다.

얼음덩어리
땅의 값

어린아이에게 지구본이란 과학 교구인 동시에 장난감이기도 합니다. 두 팔로 안을 수 있는 작은 공 위에 세상의 모든 나라들이 다 있다니, 아이들의 눈에는 얼마나 신기한지 모릅니다. 바다 위에 떠 있는 커다란 대륙 안을 샅샅이 살피면서 이름을 알고 있는 나라들을 모조리 찾는 재미에 빠져 한없이 지구본을 돌렸던 사람도 많을 것입니다.

지구본을 보다 보면 땅덩이가 어마어마하게 큰 나라가 있는가 하면 깨알만큼 작은 나라들도 있습니다. 영토는 인근 바다에 대한 영유권부터 영공, 각종 자원 문제 등 여러 가지 이익과 관계되니, 면적이 넓을수록 국력에 큰 보탬이 됩니다. 유럽 국가들이 무력을 이용해 전 세계를 식민지화했던 시절에는 자국의 이익을 위해 광활한 면적의 토지를 서로 사고팔기도 했습니다.

미국의 알래스카 매입은 지금도 자주 회자될 정도로 유명한 사건입니다. 이름만 들어도 두껍게 쌓인 눈과 차가운 바람이 연상되는 곳, 알래스카. 우리나라 면적의 수십 배에 달하는 그 커다란 땅덩어리는 원래 러시아 소유였습니다.

1853년 크림전쟁을 일으킨 러시아는 패전한 뒤 한동안 휘청거려야 했습니다. 일부 영토를 적국에 양도했고, 군사적으로 여러 권리를 잃었습니다. 국고는 텅텅 비어버렸습니다. 게다가 크림전쟁에 참여했던 영국은 승전의 대가로 알래스카에 눈독을 들이고 있는 상황이었습니다. 그러나 남편의 죽음으로 실의에 빠져 있던 빅토리아 여왕은 이 문제에 관심이 없었고, 그 틈을 타 미국이 러시아를 설득하기 시작합니다.

협상을 진행한 사람은 윌리엄 슈어드, 당시 미국 국무장관이었습니다. 그는 대통령을 비롯해 상원의원과 하원의원들을 집요하게 설득했고, 알래스카를 매입해야 하는 필요성을 적극적으로 주장해 결국 거래를 성사시켰습니다. 매입 비용은 고작 720만 달러였습니다. 알래스카가 현재 미국 영토의 5분의 1이나 되는 크기임을 감안하면 정말 형편없는 가격인 셈입니다.

그럼에도 불구하고 슈어드는 손가락질을 받았습니다. 당시만 해도 알래스카는 아무런 쓸모가 없는 황무지였기 때문입니다. 농사를 지을 수도 없고, 사람이 살기에도 적합하지 않은 얼음덩어리 땅일 뿐이었습니다. 사람들은 알래스카 매입 사건을 '슈어드의 바보짓'이라 칭했고, 알래스카가 '슈어드의 720만 달러짜리 냉장고'라며 조롱했습니다. 결국 장관 자리에서 물러나야 했지만, 슈어드는 당당했습니다. 알래스카 매입을 자신이 가장 잘한 일로 꼽으면서 사람들 또한 나중에 그 가치를 깨닫게 되리라 믿었습니다.

알래스카에서 금광이 발견된 것은 그로부터 30년이 지난 뒤였습니다. 뒤이어 1971년에는 유전이 발견되며 미국은 그야말로 '유레카!'를 외치게 되었습니다. 북극과 가까운 위치인 데다 오랜 시간 사람의 발길이 닿지 않아 희귀한 생물과 천연자원이 가득한 알래스카는 이제 수많은 관광객들을 불러 모으며 어마어마한 관광 수익마저 기록하고 있습니다.

이제 미국 국민들에게 슈어드는 바보가 아니라 현명한 사람으로 기억됩니다. 러시아와 맞닿으며 북극을 사이에 두고 유럽과 아메리카 대륙을 잇는 알래스카가 지리적, 군사적, 경제적으로 중요할 뿐 아니라 매장된 자원도 풍부할 것이라는 그의 예상은 정확히 맞아떨어졌습니다.

당장 눈에 보이는 모습을 중시하는 사람들이 많습니다. 지금 잘 나가는 사람을 친구로 두려 하고, 지금 예쁜 사람을 아내로 맞거나 지금 돈이 많은 사람을 남편으로 삼으려 합니다. 지금 인기 있는 동네에 살고자 하며, 지금 유행하는 물건을 가지려고 애씁니다. 그리고 그 목적을 달성해야 현명하다는 말을 듣습니다.

그러나 더 현명한 사람은 슈어드처럼 '잠재된 가능성'을 볼 줄 압니다. 지금은 초라해 보이지만 앞으로 큰 인물이 될 자질을 가진 사람을 파악하고, 지금은 쓸모없는 것 같지만 사실은 큰 가치를 지닌 물건을 찾아내는 눈이야말로 하루가 다르게 변하는 세상 속에서 우리가 갖춰야 할 지혜일 것입니다.

현재보다 미래에
더 좋은 것이 나타나고는 합니다.

그 가치를 미리 안 사람이 준비했기에
가능한 일입니다.

또 하나의 장례식

한번 뱉은 말은 주워 담을 수 없다 하지만, 글로 쓴 것은 그보다 더 지우기 어렵습니다. 더구나 사이버 공간에 남아 있는 것이라면 그 처리도 만만치 않습니다. 기록된다는 것만으로도 무서운데, 내가 세상에서 사라진 뒤에도 증식되어 도처로 퍼져나갈지 모른다니, 죽어서도 찜찜한 일입니다. 삶을 정리해야 한다면, 이제 그 범주 안에 사이버 공간 역시 포함해야만 할 것 같습니다. 그러니 말을 뱉든, 글을 쓰든 신중해야 합니다. 그 원칙은 동일합니다. 언제나 책임질 수 있는 말만 하자는 것입니다.

언제인가부터 죽기 전에 가족들에게 '또 하나의 장례식'을 부탁하는 사람들이 늘고 있다 합니다. 이 '또 하나의 장례식'은 관이나 상복, 상주와 조문객도 필요하지 않습니다. 그저 컴퓨터 한 대 그리고 일반 장례식의 장의사 혹은 장례지도사 격인 '디지털 장의사'만 있으면 됩니다.

디지털 장의사는 고인이 가입했던 온라인 사이트에 들어가 탈퇴처리를 하고, 고인의 생전 인터넷 계정, 접속 사이트 기록, 댓글 등을 모두 삭제합니다. 의도치 않게 다른 곳으로 퍼진 사진이나 동영상도 처리합니다. 죽은 사람의 흔적이 더 이상 인터넷상에 남아 있지 않도록 하는 작업입니다. 그래서 이 일은 '디지털 장례식', 또는 '사이버 장례식'이라 불립니다. 소위 말하는 인터넷상의 '잊힐 권리'입니다.

최근 디지털 장의사가 부상하고 있다는 신문기사가 뜰 정도로 디지털 장례식 수요는 늘고만 있습니다. 죽은 뒤에도 자신의 개인정보가 여기저기 떠돌거나 악용될지 모른다는 불안감이 가장 큰 이유입니다. 실제로 이미 사망한 사람들의 주민번호를 도용한 각종 범죄가 일어나, 그런 걱정이 결코 기우가 아님을 증명했습니다. 도용 문제 외에도 삶을 잘 정리하고자 하는 마음, 자신이 방문했던 사이트나 곳곳에 남긴 글을 가족과 다른 사람이 보지 않았으면 하는 바람 등 사람들이 디지털 장례식을 원하는 이유는 다양합니다.

누구나 순간적인 감정으로 키보드를 두드릴 때가 있습니다. 과거에 쓴 글을 보며 '내가 왜 그랬을까' 하고 후회한 경험도 있을 법합니다. 어린 시절부터 컴퓨터를 접한 세대들은 더욱 그렇습니다. 철없는 때에 멋모르고 쓴 글이나 과거 사진 등으로 곤혹을 치른 연예인이 여럿이지만, 이제는 유명인이 아닌 사람들도 비슷한 일을 겪곤 합니다. 자신은 기억도 하지 못하는 게시물이나 댓글로 인해 불특정 다수인 네티즌에게 무차별하게 공격받고, 나아가 일상 속에서 실질적인 피해를 입는 사례도 있어 심각한 문제가 되고 있습니다. 심지어 SNS에 회사에 대한 불만을 남겼다는 이유로 해고된 사람들의 소식이 전해지며 '경솔한 행동'과 '지나친 조치'라는 엇갈린 반응이 나오기도 했습니다.

피할 수 없는 일인지도 모릅니다. 정보나 친목을 목적으로 한 온라인 카페, 재미로 들르는 사이트, 종종 물건을 구입하는 쇼핑몰 등 현대인들은 현실만큼이나 사이버 공간에서도 많은 시간을 보내고 있습니다. 블로그나 미니홈피에는 사적인 글과 사진들이 가득합니다. SNS가 발달하면서 자신의 의견을 개진하고 다른 사람과 생각을 나누는 것은 물론, 얼굴도 모르는 이들과 거친 설전을 벌이는 일도 흔해졌습니다. 누구나 타인의 게시물을 퍼 나를 수 있기에, 사이버 공간에 남긴 말이나 사진은 마른 숲에 불길이 번지듯 순식간에 퍼져나갑니다. 잠깐 사이에 수천, 수만의 사람에게 노출되므로 금방 지운다고 해도 소용없습니다. 상황이 이러니, 사망 후 디지털 장례식을 치르겠다는 20~30대 젊은이들이 무려 80%에 이른다는 한 조사 결과 또한 그다지 놀라운 일이 아닙니다.

인터넷으로 인해 생활은 점점 편리해지고 있으나, 그에 따른 부작용도 덩달아 커지고 있습니다. 사이버 공간에서는 익명성을 무기로 아무 말이나 내뱉을 수 있지만, 그 말이 부메랑처럼 돌아오기도 합니다. 그곳에서 한 말은 모두 스스로 짊어져야 할 짐과 같습니다.

시간을 내서 자신이 가입한 사이트 그리고 그곳에 남긴 글과 사진 등을 한번 찾아보는 건 어떨까요? 즐거운 추억의 한 부분도, 얼굴이 화끈거릴 정도로 부끄러운 기록도 있을 것입니다. 오래된 창고나 다락방을 청소하듯 가끔은 인터넷에 쌓인 흔적을 정리하는 일도 필요할지 모릅니다.

두 번의 장례식을 치르는 사람이 늘고 있는 세상에서 우리는 한 가지 명심해야 합니다. 사람은 자신이 한 말을 책임질 수 있어야 한다는 사실입니다. 키보드를 두드리는 일은 비석에 글자를 새기는 것과 같다는 점을 기억해야 하겠습니다.

책임지지 않아도 될 말이란
이 세상에 없습니다.

미 치 광 이 가   돼 라

햄버거학(Hamburgerology). 학문이라 하면 경영학이나 국문학, 기계공학 같은 단어를 떠올리는 사람들은 '햄버거학'이라는 말에 어리둥절해합니다. '부전공은 프렌치프라이'라는 말까지 덧붙이면 시시한 농담이겠거니 하며 그냥 웃고 맙니다.

그러나 세계 곳곳에 있는 햄버거 대학교에서 실제로 많은 사람들이 햄버거학을 공부하고 있습니다. 심지어 중국 상하이에 있는 캠퍼스는 합격률이 1%도 안 될 정도로 입학 경쟁이 치열해 화제가 되기도 했습니다.

이 학교를 처음 세운 사람은 유명한 패스트푸드 브랜드 '맥도널드'의 창업자 레이 크록입니다. 그는 미국에 맥도널드 체인점이 한창 늘어나고 있던 1961년, 시카고에 햄버거 대학을 설립했습니다. 신선한 재료를 고르거나 패티를 굽는 법이 아니라 경영기술과 매장 관리법, 고객 서비스 등을 배우는 곳입니다. 맥도널드 체인점을 운영하고자 하는 사람들을 위한 과정인 셈입니다.

레이 크록이 굳이 대학까지 만들어 시간과 비용을 들이며 점주들을 교육한 이유는, 가맹점을 철저하게 관리하고 싶었기 때문입니다. 그는 완벽을 추구하는 사람이었습니다. 음식의 조리법과 가게의 위생 상태는 물론이고, 고객을 대하는 종업원의 행동지침, 빵과 패티의 두께, 햄버거 포장지에 기름칠을 하는 횟수까지도 매뉴얼로 만들 정도였습니다. 어느 지역에 있는 맥도널드 매장을 가든 똑같은 맛과 서비스를 제공받을 수 있도록 하겠다는 의지의 결과였습니다.

늦은 나이로 새로운 사업을 시작하겠다고 나설 때만 하더라도 레이 크록이 성공하리라고 점치는 사람은 거의 없었습니다. 주방기구를 파는 회사에서 영업을 맡고 있던 그는 우연한 기회에 맥도널드 형제의 레스토랑에 들렀다가, 햄버거와 밀크셰이크가 불티나게 팔리는 광경을 보고는 그 사업의 가능성을 엿보았습니다. 큰 빚을

내서 두 형제에게서 상표권을 구입했을 때는 이미 쉰이 넘은 나이였습니다. 건강도 그다지 좋지 않았습니다.

그럼에도 불구하고 그는 언제나 부지런히 움직였습니다. 레이 크록의 자서전 《성공은 쓰레기통 속에 있다》에는 새벽 2시에 경쟁업체의 쓰레기통을 몰래 뒤졌던 자신의 모습을 회상하는 부분이 있습니다. 그런 수고를 마다하지 않았던 이유는 경쟁사의 운영 비밀을 알아내기 위해서였습니다. 전날 고기를 몇 상자나 썼는지, 빵을 얼마나 사용했는지 알아보려면 그곳의 쓰레기통을 뒤져봐야 한다고 생각한 것이지요. 그는 그런 행동을 전혀 부끄러워하지 않았습니다.

레이 크록의 노력에 부응하듯 맥도널드 매장은 무섭게 늘어갔습니다. 현재는 120여 개 국가에 3만 개가 넘는 맥도널드 매장이 있어 엄청난 숫자의 고객들을 맞이하고 있습니다.

누군가에게는 맥도널드 체인점을 운영하기 위한 햄버거학 공부가 정신 나간 것처럼 느껴질 만큼 우스꽝스럽거나 유별나 보일 수 있겠지요. 실제로 햄버거 대학 설립 초기, 한 남자가 다른 학생들에게 "당신들은 다 미쳤어!"라고 소리친 뒤 뛰쳐나간 적이 있었다고 합니다.

어쩌면 레이 크록은 그런 수업을 아무렇지 않게 받아들이는 진짜 '미친 사람'을 원했던 게 아닐까요? 다른 가게의 쓰레기통을 뒤지고 다녔던 그 또한, 고급 양복을 입은 채 커다란 사무실에 앉아 일하는 보통 CEO들의 눈에는 비정상처럼 보였을 것입니다.

제철업을 일으켜 국내 산업 발전에 크게 기여한 포스코의 박태준 명예회장은 '미치광이라는 말을 들을 정도가 아니면 아무것도 이룰 수 없다'라는 말을 남겼습니다. 맥도널드의 상징인 두 개의 골든 아치가 세계 구석구석에서 빛나게 된 것도 주변 시선에 개의치 않고 오로지 맥도널드의 성공을 위해 애쓴 레이 크록의 열정 때문이었습니다.

미치광이처럼 산다는 조롱을 두려워하면 자신의 길을 걸을 수 없습니다. 그러나 개의치 않고 나아가 원하던 바를 달성하면 조롱은 어느덧 찬사로 바뀌어 있습니다. 누구도 레이 크록을 미치광이로 평가하지 않듯이 꿈을 실현한 사람의 광기는 뜨거운 열정으로 기억될 것입니다.

자신의 인생을 자기 식으로
열심히 살 뿐,

정상과 비정상으로
구분할 수는 없습니다.

변화를 두려워하는 자와
즐기는 자

크리스마스가 다가오면 백화점의 장난감 코너는 아이들 선물을 사러 온 사람들로 발 디딜 틈이 없습니다. 셀 수 없이 많은 종류의 장난감들이 진열되어 있지만, 원하는 것을 사기는 쉽지 않습니다. 인기 있는 장난감들은 금세 품절되기 때문입니다. 공장에서 하루 수천 개씩 생산해내도 팔리는 속도를 따라가지 못할 정도입니다. 미리 만들어 두면 되지 않느냐고 물을 수도 있지만, 아이들 장난감은 유행이 금방 바뀌기 때문에 크리스마스 시즌이 되어야 비로소 어떤 것이 인기가 좋은지 알 수 있다고 합니다.

아이들은 좋아하는 장난감을 갖게 되어도 몇 달 되지 않아 싫증을 내는 경우가 많습니다. 자동차, 로봇, 동물인형 등 아이들의 마음을 사로잡는 다양한 종류의 장난감이 연이어 쏟아져 나오기 때문입니다. 한때 아이들이 열광했던 장난감은 시간이 지나면서 거추장스러운 물건이 되곤 합니다.

유행이 빠른 장난감 시장의 특성에도 불구하고 미국에는 1964년부터 지금까지 무려 50여 년 동안 변함없는 인기를 자랑하는 제품이 있습니다. 바로 '지아이조(G.I.Joe)'입니다. 어떤 사람들은 한국의 인기배우가 출연해 화제가 된 할리우드 영화의 제목을 떠올리겠지만, 원래 지아이조는 육군 병사 인형입니다. 우리나라에서도 'GI 유격대'라는 이름으로 판매된 적이 있을 정도로 세계적인 인기를 자랑하는 장난감이었습니다.

1960년대 초 바비 인형이 엄청난 판매고를 올리자 미국 완구업체 해즈브로에서는 남자들을 위한 인형인 지아이조를 만들게 됩니다. 인형은 여자아이들이나 가지고 노는 것이라는 고정관념을 깨부수고 싶었던 것이지요.

지아이조에 대한 반응은 실로 대단했습니다. 초기 인형은 30cm 정도로 크기가 컸지만, 소비자의 취향에 맞추어 곧 다양한 크기로 생산되었습니다. 얼마 지나지 않아 미국에서 코믹북 붐이 일자, 해즈브로사는 각각의 인형들을 개성 있는 캐릭터로 특화해 구성한 다음 만화책으로 내놓았습니다. 대단한 능력의 소유자들이 모인 특수부대 지아이조와 악역인 코브라 군단의 대립이 주요 내용으로 자리 잡으며 관련 시리즈는 끊임없이 출시되었고, 지아이조는 장난감 시장이 아닌 다른 영역에서도 성공을 거두게 되었습니다.

가정용 비디오게임이 미국인들의 관심을 끌기 시작한 1980년대, 해즈브로사 역시 지아이조를 비디오게임으로 만들어냅니다. 애니메이션 시장이 커졌을 때도 이 회사는 재빨리 움직였습니다. CG 기술이 발달하면서 슈퍼맨과 같은 만화가 실사영화로 제작되는 것을 보고는 영화 시장에까지 발을 들였고, 그에 따라 지아이조는 가장 대중적인 문화 콘텐츠라고 할 수 있는 영화로 만들어지기에 이릅니다. 영화 개봉 시기에 맞춰 그 내용을 바탕으로 한 게임판이 다시 나오는 등 지아이조 시리즈는 시간이 지나도 다양한 형태로 끊임없이 재생산되는 중입니다. 이제는 장난감을 넘어 수집하고 소장할 가치가 있는 피겨로 수많은 어른들의 지갑을 열고 있습니다.

숱한 장난감들이 나타났다 사라지는 동안 해즈브로는 시대의 흐름에 명민하게 반응하며 갖가지 시도로 자사 제품의 영역을 확대해왔습니다. 그 시도가 항상 성공적으로 끝나거나 좋은 평가를 받았던 것은 아닙니다. 그러나 계속해서 달라지는 대중의 취향과 요구에 적극적으로 대응했기 때문에 지아이조는 그 원동력을 발판 삼아 지금껏 살아남았습니다.

변화의 속도가 점점 빨라지는 세상 속에서 누군가는 두려워하고 누군가는 불안해합니다. 행여나 혼자만 멈춰 있는 것은 아닐까, 하는 탓입니다. 어떤 사람은 변화를 원망하기도 합니다. 그들은 무엇이든 그대로여야 좋다고 말합니다.

그러나 생각해보면 변하지 않는 것은 세상에 없습니다. 하물며 늘 같은 자리에 서 있는 산이나 묵묵히 솟아 있는 바위도 바람에 깎이고, 빗물에 패며 조금씩 모습을 달리합니다. 일찍이 많은 철학자들과 종교인들은 '이 세상에 존재한다는 것은 계속 변하는 것과도 같음'을 이야기했습니다. 그 사실을 받아들이면 한결 마음이 편해집니다.

반드시 새로운 흐름에 자신을 맞춰야만 하는 것은 아닙니다. 그러나 세상은 계속 변하고 있고, 그 세상이 바로 당신이 살아가야 할 공간입니다. 그러니 그 흐름에 한번쯤 발을 담가보면 어떨까요?

새로운 시도가 성공하면 성공하는 대로, 실패하면 실패하는 대로 많은 것을 배우게 될 것입니다. 그런 과정을 거치는 사람만이 스스로 발전을 기대할 수 있습니다. 전진과 후퇴를 거듭하더라도 꾸준히 발걸음을 옮기는 것, 다시 되돌아오더라도 낯선 길을 걸어보는 것. 그저 멈춰 있는 것과 달리 인생이라는 길 위에 더욱 많은 발자국을 남길 수 있는 방법입니다.

누구에게나 변화가
필요한 것은 아닙니다.

하지만

당신과 상관없이 세상은
지금도 변하고 있습니다.

애정과 증오 사이

중국 춘추전국 시대 위나라에 영공이라는 왕이 있었습니다. 그는 나라를 다스리는 일에 신경 쓰기보다는 노는 것을 좋아했습니다. 남색에 빠져 있던 그는 미자하(彌子瑕)라는 이름을 가진 아름다운 소년을 특히 총애했습니다. 그 애정이 어찌나 각별했던지 영공은 미자하가 하는 일이라면 무엇이고 두둔하기 바빴습니다.

어느 날 미자하는 어머니가 위중하다는 소식을 듣고 허락도 받지 않은 채 왕의 수레를 탔습니다. 워낙 마음이 급한 탓이었지만, 왕의 수레를 마음대로 탄다는 것은 있을 수 없는 일이었습니다. 당시 위나라의 법에 의하면 그런 일을 저지른 사람은 발뒤꿈치가 잘리는 무서운 형벌을 받아야 했습니다. 그러나 영공은 벌을 내리지 않고 오히려 미자하를 칭찬했습니다. 그 어떤 것도 두려워하지 않을 정도로 어머니를 향한 효심이 지극하다는 게 이유였습니다.

두 사람은 과수원에서 즐겨 노닐곤 했는데, 한번은 미자하가 잘 익은 복숭아를 따서 한 입 베어 먹고는 영공에게 바쳤습니다. 복숭아가 아주 달고 맛있었기 때문입니다. 아무리 맛이 좋다고 해도 먹던 음식을 왕에게 바치다니, 누가 들으면 불경하다고 할 만한 일이었지만 영공은 오히려 감격했습니다.

"자기가 먹어도 될 것인데 과인부터 생각하다니, 어찌 이리 기특한가? 그 마음이 참으로 갸륵하다!"

이렇듯 왕의 사랑을 독차지한 미자하였지만, 세월에는 장사가 없다는 말이 있듯 그의 용모 또한 나이가 들수록 점점 변해갔습니다. 영공의 마음 또한 변하여 미자하를 향한 애정은 전과 같지 않았습니다.

하필 이때 미자하는 작은 실수를 저지릅니다. 영공은 더 이상 그에게 관대하지 않았고, 오히려 지난 일을 끄집어냈습니다. 허락도 없이 자신의 수레를 탄 것은 물론, 먹다 남은 복숭아를 바친 적도 있

다며 분개한 것입니다. 결국 미자하는 큰 벌을 받게 되었습니다.

《한비자》에 나오는 영공과 미자하의 이 일화는 '남은 복숭아를 바친 죄', 즉 '여도지죄(餘桃之罪)'라는 말을 남겼습니다. 애정은 언제든지 증오로 변할 수 있으며, 지나치게 사랑받는 것이 도리어 해가 될 수도 있음을 뜻하는 사자성어입니다.

인간의 마음이란 참 간사합니다. 영원할 것만 같았던 사랑이 한순간 식어버리기도 하고, 사소한 일로 타인에 대한 호오(好惡)가 갈리기도 합니다. 그래서 흔히 마음이 마음대로 되지 않는다고들 하지만, 한 나라의 왕이라면 누구보다 이성적인 판단을 내려야 합니다. 자신의 감정도 다스리지 못하는 사람이 수많은 백성을 다스릴 수는 없는 법이지요. 헌데 영공은 오히려 감정에 휘둘려 공과 사를 구분하지 못했습니다.

그런가 하면 미자하는 윗사람의 총애를 그늘 삼아 경솔한 짓을 저질렀습니다. 먹다 남은 복숭아가 칭찬의 계기에서 책망의 원인으로 변한 것처럼, 애정과 증오라는 감정은 손바닥 뒤집히듯 금세 바뀔 수 있다는 사실을 미처 깨닫지 못한 탓입니다.

사회생활을 하는 데 있어 공정함과 신중함은 특히 중요한 덕목입니다. 누구나 그것을 알지만 자칫 잊기 쉽지요. 공정하지 않았던 영공이나 신중하게 행동할 줄 몰랐던 미자하가 혹시 나의 모습은 아닌지, 살아가면서 종종 곱씹어볼 필요가 있겠습니다.

흐르는 시간 속에서 마음이 언제나
같을 수는 없습니다.

그래서 우리는 아무리 좋은 사이라도
관계를 관리해야 합니다.

부자들의 티끌

언제부터인가 '티끌 모아 티끌'이라는 말이 유행어처럼 돌고 있습니다. '티끌 모아 태산'이라는 속담을 살짝 비틀어, 적은 돈은 아무리 모아도 커지지 않는다는 뜻을 담은 우스갯소리이지요. 빈부 격차가 심한 사회 속에서 점점 더 부자가 되기 어려워지는 상황에 대한 서민들의 무력감을 자조적으로 표현한 말이기도 합니다.

소위 '금숟가락 물고 태어난 사람'만이 부자일 수 있다는 인식은 어느덧 사람들 사이에서 당연한 사실처럼 여겨지고 있습니다. 큰돈이 있어야 돈을 벌기가 쉽다는, 다시 말해 '돈이 돈을 부르는 원리'

를 반드시 틀렸다고 할 수는 없을 것입니다. 밑천이 있으면 아무래도 돈을 벌어들이기가 훨씬 수월할 테니 말입니다.

그러다 보니 많은 사람들은 티끌만 한 돈을 하찮게 여깁니다. 십원짜리 동전을 흘리거나 몇 백 원 정도의 돈이 나가는 일에 무신경합니다. 세계적인 부자들에게 관심을 갖지만, 그들이 어떤 계기로 돈을 벌었는지 혹은 어떻게 돈을 쓰는지 주목할 뿐, '얼마만큼 돈을 아끼는가'에 대해서는 별로 관심을 갖지 않습니다. 사람들이 목돈이라 생각하는 금액마저도 그들에게는 푼돈일 것이라고 짐작하면서 그렇게 소비하지 못하는 자신의 신세를 한탄하기 일쑤입니다.

800억 달러에 육박하는 재산을 보유하며 세계 최고의 부자로 손꼽히는 빌 게이츠는 자녀들에게 용돈을 얼마나 줄까요? 어마어마한 부자를 아빠로 둔 아이들이라면 걱정 없이 돈을 쓸 수 있을 것 같지만, 그들은 일주일에 고작 1달러를 받을 뿐입니다. 집안일을 열심히 도와야 그나마 용돈을 조금이라도 더 받을 수 있습니다. 대신 자기가 모은 돈은 원하는 대로 써도 된다고 합니다. 물론 부유한 집에서 사는 만큼 여러 혜택이 있겠지만, 어린이의 입장에서 보자면 단호한 원칙이라 할 수 있습니다.

돈을 현명하게 쓸 줄 몰라 부모에게 물려받은 재산을 탕진하는 사람들이 많은 만큼 자식들의 경제 교육은 확실히 하고자 하는 게 빌 게이츠의 생각입니다. 돈을 벌고 모으는 일이 얼마나 어려운지 아이들이 자연스레 알게끔 함으로써 단 1달러도 낭비하지 않는 습관을 가질 수 있도록 돕는 것입니다.

60조에 달하는 돈을 가진 워런 버핏의 생활습관은 우리와 크게 다를 것이 없습니다. 궁전 같은 집에서 끼니마다 고급 요리를 즐길 것 같지만, 그는 50년이 넘도록 같은 집에 살고 있습니다. 구입한 지 10년이 넘은 차를 직접 몰고 다닙니다. 집사나 운전기사도 없고 값싼 햄버거를 즐길 정도로 평범하게 지내고 있다고 합니다.

1990년, 미국의 대중 월간지 〈SPY〉에서 짓궂으면서도 재미있는 일을 벌였습니다. '근검절약을 중시하는 부자들이 과연 얼마나 될까'라는 사소한 호기심에서 시작된 이 일은 우디 앨런, 레너드 번스타인, 미아 패로, 마이클 더글라스, 아드난 카쇼기, 도널드 트럼프, 루퍼트 머독 등 다양한 분야에서 일하고 있는 부자들 58명을 대상으로 한 일종의 실험입니다. 〈SPY〉의 시나리오대로 정해진 한 은행에서 58명 모두에게, '은행 측 착오로 인해 당신은 1달러 11센트를 더 받게 되었으니 찾아가라'는 메일을 보냈습니다. 단, 돈을 찾으려면 정해진 서류를 작성해야 한다는 조건이었습니다.

놀랍게도 26명이나 되는 거부들이 겨우 1달러 11센트를 되찾기 위해 서류를 작성했습니다. 26명을 상대로 다시 64센트를 환급하겠다는 연락을 하자, 13명의 부자들이 이전처럼 서류를 작성하는 과정을 거쳐 돈을 받아 갔습니다.

그들에게 또다시 돌려줄 돈이 있다며 은행에서 제시한 금액은 13센트였습니다. '77센트를 드려야 하는데 착오로 인해 64센트밖에 지급되지 않았으니 13센트를 찾아 가십시오'라는 설명에 마지막까지 은행을 찾은 사람은 단 두 명, 바로 국제 무기중개상 아드난 카쇼기와 부동산재벌 도널드 트럼프였습니다. 억만장자인 그들이 150원가량의 돈을 받기 위해 번거로운 일을 마다하지 않았던 것입니다.

워런 버핏은 작은 지출을 조심하라고 당부하며 100달러를 벌기보다 1달러를 아끼라는 명언을 남겼고, 도널드 트럼프는 '아이들에게 1달러의 가치를 가르치지 않는 것은 식사를 챙겨주지 않는 것과 같다'라는 말로 작은 돈의 중요성을 강조했습니다. 세계 5대 부자이자 지독한 구두쇠로도 유명한 가구브랜드 이케아의 대표 잉그바르

캄프라드는 '1원을 아끼는 것이 1원을 버는 것'이라는 자신의 믿음을 지키며 살아갑니다.

상상하기 힘든 재산을 가진 재벌들의 생활상을 알게 될 때마다, 아직 나이 어린 연예인이나 스포츠 스타들의 엄청난 수입 이야기를 들을 때마다 우리가 벌고 쓰는 돈이 그야말로 '티끌'처럼 느껴지기도 하지만, 그렇다고 그 돈을 정말 티끌 취급해서는 안 될 것입니다.

돈을 아낄 줄 아는 사람이 돈을 모을 수 있습니다. 같은 돈을 가지고 있어도 어디에 쓸까부터 고민하는 사람이 있고, 반대로 거기에 다시 돈을 보태 큰돈을 만들고자 하는 사람이 있으니까요.

태산을 이루고 있는 것은 눈으로 구별하기 힘들 만큼 조그마한 흙의 알갱이라는 사실을 잊지 마세요. 진짜 부자들은 결코 티끌을 무시하지 않습니다.

쓸 수 있는 돈이 있다고 생각하는 사람의 1원과
지켜야 할 돈이 있다고 생각하는 사람의 1원.

같은 1원이지만
분명 달리 보입니다.

앞날을 예측하는 일

재산이 많거나 사회적 지위가 높은, 흔히 말하는 '성공한 사람'에 관한 이야기는 주변에서 어렵지 않게 전해들을 수 있습니다. 무엇이 그들을 성공에 다다르게 했는가에 대한 이야기들이 종종 회자되기도 합니다. 타인에게 없는 재능이나 상상 이상의 노력도 성공에 이르기 위해 필요한 요소 중 하나일 것입니다.

그러나 급격한 발전을 거듭하는 세상에서 앞서가는 사람들에게 발견할 수 있는 공통된 자질이 있다면, 바로 사회가 변화할 방향과 모습을 파악하는 능력입니다.

예측력이 특히 두드러지게 활약하는 곳은 IT 시장입니다. 그 시장에서는 이름도 없던 작은 기업이 업계 변화의 흐름을 잘 읽고 움직임을 주도해, 신화적인 성공담의 주인공이 되기도 하지요.

마이크로소프트의 창업자인 빌 게이츠도 그렇습니다. 얼마 안 되는 퇴직금으로 고등학교 친구와 함께 세운 작은 회사 마이크로소프트는 거대 컴퓨터 기업 IBM이 내놓을 새 컴퓨터의 운영체제 공급을 계약하면서 성장의 발판을 마련했고, 초고속으로 변화하는 IT 업계의 앞날을 미리 내다보며 혁신을 주도해왔습니다.

1995년에 출간된 빌 게이츠의 저서 《미래로 가는 길》을 보면 그의 혜안이 얼마나 뛰어난지 알 수 있습니다. 그는 책 속에서 21세기 사회의 IT 생활에 대해 추측했습니다. TV 프로그램을 시간에 상관없이 선택해서 시청할 수 있게 되고, 장소에 구애받지 않고도 영화를 보며, 디지털 화폐를 사용하게 된다는 등 놀라울 정도로 정확하게 미래의 생활상을 짚어내고 있습니다.

그러나 그런 빌 게이츠도 언제나 올바른 예측만 했던 것은 아닙니다. 그는 과거 25MB 용량의 하드디스크를 장착한 PC를 출시하는 행사장에서 "이 컴퓨터 한 대를 평생 사용할 수 있습니다"라고

발언한 적이 있습니다. 요즘 출시되는 PC가 평균 2TB 정도의 하드디스크를 장착하고 있다는 사실을 생각하면, 틀려도 한참 틀린 예측입니다.

사실 미래란 너무나도 다양한 변수의 영향을 받아 결정되기 때문에, 아무리 뛰어난 사람이라 할지라도 그 모습을 정확히 짐작하기란 어려울 것입니다. 빌 게이츠뿐 아니라 사회를 주도하는 위치에 있던 수많은 사람들이 다가올 세상에 대해 잘못된 예측을 하곤 했습니다.

1957년, 라디오의 아버지라 불리는 리 드 포레스트는 '미래에 아무리 과학이 발전하더라도 인간이 달에 발을 들여놓는 일은 없을 것이다'라고 했습니다. 그러나 그로부터 12년 뒤 아폴로 11호가 달 착륙에 성공했고, 인류는 달에 위대한 발자국을 남기게 되었지요. 1970년대 컴퓨터 업계의 강자였던 디지털 이퀴프먼트의 회장 케네스 올센은 '집에 개인적으로 컴퓨터를 가지고 있을 이유가 전혀 없다'라는 말로 유명합니다. 2011년 세상을 떠난 그가 데스크톱에 태블릿 PC 그리고 스마트폰까지 보유한 수많은 사람들을 보며 무슨 생각을 했을지 의문입니다.

누구나 여러 번 자신의 미래를 상상할 것입니다. 마냥 행복한 상상을 하는 사람도 있겠지만, 어떤 사람에게 있어 다가올 앞날은 그저 막막하고 캄캄하기만 할 수도 있습니다. 앞으로의 시간도 절망적일 것이라고 생각하는 이유는 현재에 희망을 느끼지 못하기 때문입니다. 우리는 현재를 바탕으로 미래를 예측하니까요.

'지금 이런데 나아질 리가 있겠어?', '이런 여건에서는 아무리 애써도 잘되지 않을 거야.' 도무지 달라지지 않을 것만 같은 지금의 상황은 아직 살아보지도 않은 날들조차 기대할 수 없게 만듭니다.

그러나 똑똑하기로 이름난 수많은 사람들이 실수를 했듯, 아직 오지 않은 시간에 대한 예측은 곧잘 어긋납니다. 그러니 지금의 고생이, 혹은 지금껏 이어진 고통이 앞으로도 계속될 것이라고 지레짐작하지는 말아야겠습니다.

당장 내일 무슨 일이 생길지 우리는 알 수 없습니다. 비바람이 몰아치듯 계속되던 시련이 갑자기 활짝 개고 예쁜 무지개가 뜰지도 모릅니다. 내내 흐렸던 삶일지언정 밝은 햇살 가득한 날이 올지도 모릅니다. 알 수 없는 미래이지만, 다가오는 날들은 이전까지의 날들과 다르리라는 마음, 더 행복하리라는 믿음을 가질 때 비로소 희망도 생겨나는 것 아닐까요?

○

누구도 미래를 정확히 예측할 수는 없습니다.
그러나 누구나 미래를 계획할 수는 있습니다.

3장

올라갈 것인가, 멀리 갈 것인가

위로 오르기만 할 필요는 없습니다.
아무도 가보지 않은 곳으로
멀리 떠나는 개척자가 될 수도 있습니다.

터널 밖의 세상

'터널 시야(Tunnel Vision)'라는 용어가 있습니다. 원래 '시야협착증'을 일컫는 말로, 불빛 없는 터널에서 빠른 속도로 차를 몰 때 시야가 갑자기 좁아지는 것처럼 시력이 미치는 범위가 제한되는 현상을 뜻합니다. 좁고 어두운 터널로 들어가 빨리 달리다 보면 운전자의 눈에는 빛이 들어오는 터널의 출구를 제외한 나머지 부분이 전부 깜깜하게 보이니까요.

터널 시야 현상은 심리학에서도 자주 언급됩니다. 심리학에서의 터널 시야는, 급격히 흥분하거나 화가 났을 때, 문제를 이성적으로 처리하는 능력이 현저하게 떨어지는 현상을 지칭합니다. 이런 상태에서는 마치 깜깜한 터널 속에 있는 것처럼 주위를 둘러볼 수 없고, 상대의 말이 들려오지도 않으며, 객관적인 판단을 내리기도 어렵습니다.

약물 중독이나 도박 중독에 빠진 사람의 심리도 터널 시야 현상으로 설명할 수 있습니다. 약물 중독자와 도박 중독자에게는 오직 약으로 얻는 쾌락이나 도박에서 이기는 것만이 목적이고 다른 것은 전혀 눈에 들어오지 않습니다. 이런 사람들 역시 터널 안에 갇혀 있는 것과 같은 셈입니다.

문제가 있다고 깨닫는다 하더라도 중독에서 벗어나기란 쉽지 않습니다. 눈부심 현상 때문입니다. 오랜 시간 동안 어두운 터널 속에 있다가 밖으로 나오면 눈에 갑자기 많은 양의 빛이 들어와 통증을 느끼듯, 중독에서 벗어나 다시 평범한 일상생활을 시작하려는 순간 심한 고통이 찾아오는 것입니다. 가끔씩 솟구치는 충동을 참아야 하는 것은 물론, 그동안 신경 쓰지 않고 팽개쳐두었던 수많은 문제를 맞닥뜨리게 되니 괴로울 수밖에 없습니다. 눈이 햇빛에 적응할 때까지 기다려야 하지만, 그 시간을 견디지 못한 사람들은 다시 과거의 생활로 돌아갑니다.

"저 새는 해로운 새다!"

1955년, 중국의 주석 마오쩌둥은 농촌 현장에 나가 정책 지도를 하던 중, 참새들이 곡식을 쪼아 먹는 모습을 보고는 이렇게 말했습니다. 중국의 많은 인구가 배불리 먹을 수 있도록 식량 생산을 늘리는 방안을 고심하던 그에게 참새는 사람의 곡물을 훔쳐 먹는 나쁜 동물로 보였습니다. 결국 마오쩌둥은 참새를 쥐, 파리, 모기와 더불어 네 가지 해악 중 하나로 지정한 다음, 완전히 박멸하라는 지시를 내립니다.

참새를 때려잡자는 타마작(打麻雀) 운동은 1958년부터 중국 전역에서 시행되었습니다. 농민을 비롯한 국민 대다수가 참새와의 전쟁에 적극적으로 참여했고, 그 결과 1958년 한 해 동안만 무려 2억 마리가 넘는 참새들이 죽어 없어졌습니다. 어디서나 흔히 볼 수 있었던 참새가 갑자기 멸종 위기에 직면한 것입니다.

마오쩌둥의 계산대로라면 참새가 사라진 만큼 사람들에게 더 많은 곡식이 돌아가야 했습니다. 그러나 그가 미처 몰랐던 사실이 하나 있으니, 참새는 사람이 재배한 곡식을 주된 식량으로 삼는 동물이 아니라는 점입니다. 참새의 주 먹이는 각종 곤충으로, 대부분 농작물에 해를 입히는 해충들이었습니다.

참새 박멸에 성공한 다음 해가 되자, 천적이 사라진 메뚜기를 비롯한 해충의 개체수가 급격히 늘었습니다. 이는 자연히 대흉년으로 이어졌습니다. 수많은 사람들이 사상 초유의 기근에 시달리다 굶어 죽었습니다. 당시 아사자는 대략 4천만 명으로 추산됩니다. 14세기에 흑사병으로 죽은 유럽인보다도 많은 수입니다.

중국 공산당은 상황을 타개하기 위한 방편으로 소련 서기장 니키타 흐루쇼프에게 부탁해 연해주에서 20만 마리의 참새를 공수해오기도 했습니다. 그러나 수십 년이 지나도 참새의 개체 수가 충분히 회복되지 않았다니, 당시 상황이 얼마나 심각한지 짐작할 수 있습니다.

마오쩌둥은 참새가 곡식을 먹는다는 하나의 사실만 생각했고, 참새가 사라짐으로써 생겨날 수 있는 여러 가지 문제는 고려하지 않았습니다. 당장 눈에 보이는 작은 부분에만 집중해 그것을 제외한 나머지는 보지 못했지요. 멀리 보이는 작은 출구 외에는 무엇도 보지 못하는, 터널 안의 운전자처럼 말입니다.

현상을 잘못 파악하면 그릇된 판단을 내리게 됩니다. 그런 실수를 하지 않으려면 눈앞의 현상뿐 아니라 그로부터 파생될 수 있는 갖가지 문제들 그리고 그것들을 포함하고 있는 '전체'를 알아야 합니다. 생물체는 물론이거니와 이 세상의 모든 현상 또한 유기적으로 연결되어 있는 까닭입니다. 넓은 시야를 가진 사람은 어떤 문제든 전체의 한 부분으로서 파악하며, 그만큼 현명한 판단을 내릴 확률도 높습니다.

조그맣게 보이는 빛만 쳐다보지 말고 터널 밖으로 나가세요. 밝은 하늘 아래에서는 무엇이든 보다 더 분명하게 인식할 수 있을 것입니다.

터널은 통과하기 위해 존재합니다.
머물 곳이 아닙니다.

다름과 틀림

'다르다'와 '틀리다'를 혼용하는 것은 우리가 흔히 저지르는 실수 중 하나입니다. 사실 두 단어의 차이는 명백합니다. '다르다'의 반대말은 '같다'이고, '틀리다'의 반대말은 '맞다'입니다. 그러니 '다르다'라는 말은 '같지 않음'을, '틀리다'라는 말은 '맞지 않음'을 뜻합니다. 그러나 자신도 모르게 "나는 너와 틀려"와 같은 잘못된 표현을 하는 사람이 참 많습니다.

헷갈려서일까요? 어떤 사람들은 그 의미마저도 제대로 구분하지 못합니다. 사회가 더 복잡해질수록 두 단어를 혼동하는 경향은 점점 더 심해집니다. 이웃과의 다툼부터 학교의 왕따 문화, 지역과 계층 갈등, 성별과 인종차별까지 사람 사는 세상에서 일어나는 크고 작은 문제의 원인 중 하나는 다름과 틀림의 혼동 때문입니다.

아주 오랜 옛날부터 세계 곳곳에서는 쉴 없이 전쟁이 일어나고 있습니다. 그 원인은 다양하지만, 그중에서도 종교 분쟁은 종교의 다름을 받아들이지 못하고 상대의 종교를 틀린 것이라 배척하는 사람들로 인해 발생하는 경우가 많습니다.

스리랑카 내전은 싱할리 족에게 차별을 받아온 타밀 족이 분리 독립 투쟁을 시작하면서 촉발되었습니다. 스리랑카 인구의 75%를 차지하는 싱할리 족은 불교를 믿으며, 그보다 숫자가 훨씬 적은 타밀 족은 힌두교를 믿습니다. 싱할리 족이 국가의 주요 요직을 모두 차지하면서 노골적인 차별 정책을 펼쳤고, 자연히 타밀 족은 정치나 경제 등 모든 면에서 소외되었습니다. 차별의 이유는 종교가 다르다는 것이었습니다.

타밀 족이 정부에 분리를 요구한 이후 이따금 양측이 충돌하는가 싶더니 1983년에 본격적인 전쟁이 시작되었습니다. 그해 여름, 타밀 족 본거지에서 정부군 몇몇의 시체가 발견되자 싱할리 족은

닥치는 대로 타밀 족을 죽였고. 1천 명이 넘는 사람들이 학살을 당했습니다. 2009년 타밀 반군의 지도자가 사살될 때까지 휴전 협정과 종결이 반복되며 26년간 이어진 스리랑카 내전의 결과는 참혹했습니다. 알려진 바로는 전쟁이 일어나는 동안 무려 7만 명이 사망했다고 합니다.

내가 아닌 사람들은 전부 나와 다른 성격, 다른 생활 습관, 다른 가치관을 가지고 있습니다. 매우 당연한 일임에도 불구하고 어떤 사람들은 그 '다름'에 분노합니다. 그들에게 있어 자신과 다른 종교, 출신 지역, 소득 계층, 피부색 등은 곧 틀린 것이나 마찬가지입니다.

자기만의 세계가 옳다고 생각하는 이런 사람을 가리켜 우리는 편협하다고 합니다. '내가 아닌 사람'의 '나와 다른 생각'을 존중하는 것이야말로 다수가 함께하는 사회생활의 기본 덕목임에도 그것을 갖추지 못한 것입니다.

다행히 이제는 다원화 시대가 도래하면서 다양성을 보장하자는 목소리도 높아진 듯합니다. 소위 '튀는 것'에는 못마땅한 시선을 보냈던 때와 달리 '개인의 취향을 존중하라'를 줄여서 표현한 '개취존중'이라는 말이 온라인상에 난무할 정도이니까요.

헌데 또 다른 문제가 생겨났습니다. 이전과 반대로, 틀린 것조차 그저 다른 것이라고 우기는 현상입니다. 잘못을 지적당하면 '이게 내 방식이다'라며 오히려 따지는 사람들이 있습니다. 자신의 행동이 남과 다를 뿐 틀리지는 않았다고 믿는 것입니다.

그러나 남에게 피해를 주는 행동과 생각은 '다르다'의 범주에 들어갈 수 없습니다. 상대를 몰래 따라다니며 공포감을 주는 스토킹 행위는 범죄일 뿐 사랑의 한 방식이 아니며, 많은 아이들을 죽음으로 몰아가는 케냐의 여성 할례의식을 그들만의 문화로 장려할 수 없듯, 틀린 것을 다른 것으로 인정할 수는 없는 법입니다.

틀린 것을 보고도 그것도 다른 방식 중 하나라며 '내가 상관할 바 아니다'라는 입장을 고수하는 사람이 있는 한 문제는 점점 커지기만 할 것입니다. 관용의 탈을 쓴 무관심은 이기주의의 또 다른 얼굴일 뿐이니까요. 얼핏 보면 그들은 다른 사람을 존중하며 스스로의 삶을 열심히 꾸려가는 것 같지만, 다름을 모조리 틀림으로 규정하는 자들과 크게 다를 바 없습니다.

'다르다'와 '틀리다'의 뜻을 아는 사람들은 두 단어를 바꿔 사용하지 않습니다. 그러나 언어생활뿐 아니라 실제의 삶 속에서도 그 의미를 명확하게 구별하고 있는지 한번 생각해볼 필요가 있습니다.

다양한 이해관계가 대립하고 가치관이 난립하는 만큼, 다른 것을 틀린 것으로 판단하지 않으며 틀린 것을 다른 것이라고 착각하지 않는 안목을 지녀야 할 때입니다.

같은 것이 무엇인지 알아야
다른 것을 구분할 수 있습니다.

관용은 유대의 결정체입니다.

은반 위의 라이벌

　삶은 끊임없는 경쟁의 연속입니다. 일자리는 적고, 일하기를 원하는 사람은 많다 보니 경쟁은 점점 치열해지기만 합니다. 무엇 하나라도 남보다 잘하는 게 있어야 취업에 유리할 것이라는 생각에 다른 사람보다 더 높은 토익 점수, 더 많은 자격증, 더 다양한 경험을 쌓고자 고군분투하는 것이 요즘 젊은이들의 모습입니다.

　직장에 들어간다고 해서 마음을 놓을 수 있는 것은 아닙니다. 예전과 달리 평생직장의 개념마저 사라져 자칫하면 일자리를 잃을까 노심초사해야 하는 상황입니다. 취업하고 나서도 관련 자격증이나 영어 공부에 매달릴 수밖에 없습니다.

대부분의 사람들은 어릴 적부터 타인과의 경쟁을 강요받으며 자랍니다. 학교에서는 친구보다 더 공부를 잘해야 하고, 직장에서는 동료보다 더 인정받아야 한다고 말입니다.

물론 경쟁에 역기능만 있는 것은 아닙니다. 좋은 경쟁은 동기를 부여할 뿐 아니라 끊임없이 노력하는 삶을 사는 데 도움이 됩니다.

알렉세이 야구딘과 예브게니 플루셴코는 한때 번갈아가며 세계를 제패했던 러시아 피겨스케이팅 선수들입니다. 남자 싱글 역사상 최초로 그랜드슬램을 달성한 야구딘은 10년이 흘러도 팬들의 기억 속에 남아 있는 프로그램 '윈터'와 '맨 인 더 아이언 마스크'를 연기해 2002년 솔트레이크 동계올림픽에서 금메달을 차지했습니다. 선천성 고관절 질환을 앓고 있음에도 특유의 강렬하고 화려한 스텝으로 인기를 얻었던 그의 유일한 라이벌은 바로 플루셴코였습니다.

가난한 시골 소년이었던 플루셴코는 뛰어난 재능과 불굴의 의지로 정상에 섰습니다. 2002년 솔트레이크에서는 야구딘에 이어 은메달에 그쳤지만, 4년 뒤 토리노 동계올림픽에서 쇼트와 프리 프로그램 모두 세계신기록을 세우며 금메달을 목에 걸었고, 2010년의

밴쿠버 올림픽 직전에 복귀하여 또다시 은메달을 차지하는 기염을 토했습니다. 고난도의 기술과 여자 선수 못지않은 유연성, 넘치는 끼 덕분에 수많은 애칭과 함께 '은반의 지배자'라고까지 불리는 선수입니다. 어린 시절부터 경쟁해야 했던 두 사람은 그다지 친하지 않았습니다. 그들의 코치였던 미쉰은 하루가 다르게 성장하는 소년 플루셴코를 편애했고, 그로 인해 야구딘이 코치를 떠나면서 좋지 않은 소문이 난 적도 있습니다.

그러나 그들은 서로에게 없어서는 안 될 존재였습니다. 상대를 이기기 위해 악착같이 연습을 하며 함께 실력이 늘어갔으니까요. 실제로 야구딘은 2011년 한 인터뷰를 통해, 둘은 서로 미워한 적이 없다고 밝힙니다. 친구는 아니었으나 적도 아니었다고 말입니다. 현재 두 사람은 함께 아이스쇼에 출전하는 등 가까운 동료로 지내고 있습니다.

플루셴코가 처음 세계선수권 대회에 출전한 1998년부터 야구딘이 은퇴하기 전인 2002년까지 두 사람의 경쟁은 전 세계 피겨 팬들을 행복하게 했습니다. 상대보다 더 좋은 연기를 펼치기 위해 두 사람 모두 꾸준히 노력한 결과 수준 높고 감동적인 프로그램들이 탄생했기 때문입니다.

피겨스케이팅계의 또 다른 유명 라이벌, 낸시 캐리건과 토냐 하딩의 이야기는 조금 다릅니다. 1994년 릴레함메르 올림픽을 앞두고 여자 싱글 피겨스케이팅 금메달을 염원하는 미국인들에게 두 사람은 그야말로 대스타였습니다.

그런데 올림픽 출전권이 걸린 미국 내셔널 대회를 하루 앞둔 날, 캐리건은 괴한의 습격을 받아 무릎에 부상을 당했습니다. 그녀의 진술에 따르면 괴한은 마치 일부러 노린 것처럼 캐리건의 무릎을 가격했다고 합니다.

범인의 정체는 놀랍게도 하딩의 남편으로 밝혀졌습니다. 자연히 '토냐 하딩이 사주한 것 아니냐'라는 말이 나왔지만, 조사가 진행되는 동안 하딩은 내셔널 대회에서 경쟁자 없이 1위에 올랐습니다. 그리고 그녀에 이어 2위를 차지한 어린 나이의 미셸 콴이 경기에 나오지 못한 캐리건에게 올림픽 출전권을 양보하면서 결국 두 사람은 모두 올림픽에 나가게 됩니다. 폭력 사건의 배후로 몰려 마음이 편할 수 없던 데다 당시 기량도 하락세를 보이고 있던 토냐 하딩은 메달권과 거리가 먼 실망스러운 성적으로 올림픽을 마쳤습니다. 무릎 부상을 이겨내고 참가한 낸시 캐리건 또한 은메달에 만족해야 했습니다.

올림픽이 끝난 후 결국 토냐 하딩은 집행유예를 선고받고 선수 자격을 박탈당합니다. 뛰어난 실력에 예쁜 용모까지 갖춰 요정으로 불리던 그녀이지만, 이미지가 좋은 캐리건에 비해 평소 구설수에 자주 오르는 자신이 점수를 덜 받고 있다는 생각에 늘 초조해했다고 합니다. 그녀가 실제로 캐리건에 대한 공격을 지시한 것인지에 대해서는 지금껏 논란이 많지만, 분명한 것은 두 사람의 지나친 경쟁 구도가 이와 같은 비극을 낳았다는 점입니다.

경쟁이 끝없이 이어진다는 점에서 스포츠의 세계는 우리의 삶과 크게 다르지 않습니다. 그런데 '대놓고 경쟁하는' 스포츠가 사람들에게 감동을 주는 이유는 그것이 정해진 규율을 바탕으로 각자 최선을 다하는 선의의 경쟁이기 때문입니다.

이어령 전 문화부 장관은 '경쟁심이 악덕일 수는 없다. 문제는 그 방법이다'라고 말했습니다. 다른 사람보다 더 잘하고 싶은 마음은 자연스러운 감정일 수 있지만, 다른 사람을 낮추어서 내가 올라가려 하는 행동은 아무런 의미도 없습니다. 상대가 선 땅이 낮아진다고 해서 내가 선 땅이 정말로 높아지지는 않으니까요.

경쟁은 결국 스스로의 발전을 위한 것이어야 한다는 것. 무한경쟁 시대를 사는 우리가 꼭 기억해야 하는 사실입니다.

사실 경쟁에서 이겨야 하는 이유는
단 한 가지입니다.

더 나은 '우리'가 되기 위해서입니다.

에 베 레 스 트 의
황 금 사 자

네팔과 티베트의 경계에 위치한 세계 최고봉 에베레스트. 히말라야 주변 땅에 사는 티베트 사람들은 이 산을 '대지의 여신'이라는 뜻인 '초모룽마'라고 불렀습니다. 신의 존재와도 같은 경이로운 자연은 인간의 상상력을 자극했고, 다양한 전설이 아버지에게서 아들에게, 다시 그 아들에게로 전해졌습니다. 황금사자 이야기는 그중에서도 가장 널리 알려진 것이었습니다. 에베레스트 정상에는 황금사자가 있는데, 누구든 그것을 손에 넣으면 엄청난 부자가 된다는 이야기였습니다. 히말라야의 아이들은 눈과 구름에 싸인 봉우리 끝을

올려다보며 황금사자가 정말 있을까 궁금해하곤 했습니다.

누구도 감히 오를 생각을 하지 못했던 에베레스트에 도전한 이들은 티베트인들이 아닌 유럽인들이었습니다. 그들은 점점 더 높은 산에 오르길 원했습니다. 각 나라의 정부와 왕실은 실력 있는 이들에게 지원을 아끼지 않았고, 신대륙에서 식민지 쟁탈전을 벌였던 것처럼 각국 등반대가 경쟁하듯 정상 정복에 열을 올렸습니다. 가장 높은 곳은 곧 가장 경쟁이 치열한 곳이 되었습니다.

8,848미터의 땅에 닿기를 꿈꾸는 이들은 많았지만, 1950년이 넘도록 누구도 에베레스트 정상에 발을 딛지 못했습니다. 1952년 스위스 등반대는 정상을 겨우 250미터가량 남겨두고 체력이 고갈되는 바람에 발길을 돌려야 했습니다.

다음 해에는 영국 등반대가 에베레스트에 도전장을 내밀었습니다. '세계에서 가장 높은 산이니 최초로 정상에 도달하는 것도 영국이어야 한다'며 이미 등반대를 일곱 차례나 파견한 바 있는 영국은 계속된 실패로 체면이 구겨진 상황이었습니다. 1953년 출발한 등반대는 그 어느 때보다 철저히 준비한 덕분에 장비와 인원 등 그 규모가 어마어마했습니다. 엘리자베스 여왕의 대관식이 얼마 남지 않아 기필코 성공 소식을 안고 돌아가야 하는 상황이었습니다.

마지막 베이스캠프가 세워진 후 등반대를 이끌던 존 헌트 대령은 1차 정상 등반조로 영국인 두 명을 선발했습니다. 그러나 그들이 정상에 오르는 데 실패함에 따라 2차 정상 등반조를 꾸려야만 했습니다. 뉴질랜드 출신인 에드먼드 힐러리에게 기회가 주어졌고, 그는 텐징 노르가이와 함께 세계 최고의 정상을 향해 출발했습니다.

텐징 노르가이는 셰르파였습니다. 셰르파란 히말라야 산속에 사는 티베트계 종족을 가리키는 말입니다. 그들은 산 생활에 익숙하고 히말라야의 기후와 환경에 대해 잘 알아, 산악인들에게 길을 안내하는 동시에 짐과 장비를 운반하는 등 도우미 역할을 했습니다. 이제 셰르파는 원래의 의미보다 등반을 돕는 사람들을 지칭하는 말로 더욱 널리 쓰이고 있습니다.

1952년 스위스 등반대에 셰르파로 참여했던 텐징 노르가이의 경험을 높이 산 영국 등반대는 함께 일하자고 제안합니다. 그러나 거절의 답변이 돌아옵니다. 텐징 노르가이는 자신을 평등하게 대우해주었던 스위스 등반대원들을 좋아했고, 만일 정상에 오르게 된다면 그들과 함께이기를 원했습니다. 그런 그에게 기회를 잡으라고 권한 사람은 스위스 등반대장 레이몽 랑베르였습니다. 그의 말에 따라 결국 텐징 노르가이가 영국 등반대와 산을 오르게 된 것입니다.

에베레스트는 노르가이와 힐러리의 방문을 반기지 않는 듯했습니다. 마치 신기루처럼 정상은 선뜻 가까워지지 않았고, 힐러리가 조금씩 지쳐가면서 둘의 거리는 점차 벌어졌습니다. 후일담에 따르면 힐러리는 뜻대로 움직이지 않는 다리를 힘겹게 옮기며, 이미 정상에 서 있을 노르가이를 떠올렸다고 합니다.

그러나 고지에 다다랐을 즈음, 힐러리의 상상과 달리 노르가이가 정상 바로 밑에서 기다리고 있었습니다. 힐러리가 정상을 밟을 수 있도록 하기 위해서였습니다. 노르가이는 정상에 오르기 위해 산을 오른 주인공은 자신이 아니라고 생각했던 것이지요. 힐러리는 그의 마음에 크게 감동했습니다. 그는 결국 정상에 발자국을 남겼고, 공식적으로 에베레스트 꼭대기에 선 최초의 사람이 되었습니다.

노르가이와 힐러리는 15분 동안 세계에서 가장 높은 땅 위에 머물렀습니다. 기념사진을 찍느라 바쁜 힐러리와 달리 노르가이는 어린 시절부터 끊임없이 들었던 전설을 확인하기 위해 이곳저곳을 기웃거렸습니다. 그러나 황금사자는 어디에도 없었습니다. 그는 호주머니에 소중히 챙겨 온 딸의 색연필을 눈과 얼음이 섞인 땅에 묻은 뒤 산을 내려왔습니다.

이후 텐징 노르가이는 영국에서 훈장을 받았고 한동안 네팔과

티베트 등지에서 영웅으로 불렸습니다. 수많은 매체에 출연하고 다음 해에 세워진 히말라야 등반학교에서 학생들을 가르치는 등 바쁜 나날이 이어졌습니다. 1953년의 성공은 어린 시절부터 계속된 지독한 가난의 늪에서 그를 꺼내주었습니다. 에베레스트 정상에 있다는 황금사자란 바로 이러한 모든 것을 의미하는지도 모릅니다.

여왕에게 기사 작위를 수여받는 등 커다란 명예를 얻은 에드먼드 힐러리에 비하면 텐징 노르가이가 누린 것은 그리 많지 않습니다. 그러나 안내인이자 짐꾼 정도로만 여겨졌던 셰르파가 등반대의 정식 일원과 함께 에베레스트 초등자로 남게 되었다는 사실만은 분명합니다.

사람들은 '1등'에 환호합니다. '최초'에 의미를 부여하고, '최고'가 되기를 원합니다. 산을 오르는 데 있어서까지 경쟁과 기록에 집착하는 것도 그런 까닭입니다. 때문에 최초의 에베레스트 정복자가 될 수 있는 기회를 마다하고 힐러리를 기다린 텐징을, 어떤 사람들은 이해하지 못했습니다. 정말로 힐러리가 먼저 정상에 섰는지 궁금해하는 사람도 많았습니다. 노르가이는 그런 논란에 대해 별다른 말이 없었습니다. 히말라야의 품속에서 살았던 그에게 산이란 정복의 대상이 아니었습니다. 최초도 최고도 중요하지 않았습니다. 셰르파족에게는 '정상'을 뜻하는 말이 없다고 밝힌 그는 사랑하는 어머니의 무릎에 오르는 아이의 마음으로 산을 찾는다고 이야기해, 힐러리를 비롯한 많은 산악인들의 마음을 울렸습니다.

"에베레스트 정상에 오른다고 세상을 다 보지는 못한다. 그저 세상이 얼마나 넓은지를 알 뿐이다."

역사상 가장 유명한 이 셰르파가 죽기 전 아들에게 남긴 유언입니다. 그의 말처럼 정상은 자신이 가장 높은 곳에 있다는 것을 확인하는 위치가 아니라, 자신이 볼 수 없는 세상이 더 많다는 사실을 깨닫는 자리입니다.

독한 각오로 산에 도전장을 내민 등반대들이 수많은 변수와 불운, 부주의로 인해 정상에 도달하지 못하는 와중에 놀라운 일을 해낸 텐징 노르가이의 이야기는 우리에게 소중한 교훈을 줍니다. 목표 자체에 대한 욕심보다 중요한 것은, 겸손한 마음으로 그것을 향해 나아가는 과정이라고요.

정상에 오른다고
세상이 다 보이는 것은 아닙니다.

단지 더 멀리 보일 뿐입니다.

시나리오를 보는 눈

　　1987년, 영화 〈로보캅〉이 개봉했을 때 대중들은 물론 비평가들도 연일 호평을 쏟아냈습니다. 자본주의가 극에 치달은 암울한 미래사회와 소외된 인간들의 모습은 많은 관객들에게 그야말로 신선한 충격이었습니다. 사이보그가 되었지만 인간이었을 때의 기억을 조금씩 되찾으면서 정체성에 혼란을 느끼는 주인공의 고뇌는 이 영화의 장르를 단순히 SF나 액션으로만 국한할 수 없도록 만듭니다. 2014년 상반기에 이전보다 훨씬 발전된 기술로 제작된 리메이크작이 나왔지만 사반세기 전에 나온 원작만큼 성공하지는 못했습니다.

원작을 연출한 폴 버호벤 감독은 이전부터 자신만의 스타일이 확연히 드러나는 작품으로 어느 정도 명성을 얻고 있었습니다. 당시로서는 대담하다고 할 만큼 과감한 폭력 묘사와 사회를 향한 냉소적인 시선으로 특히 유명했지요. 그런 그가 영화계에서 '거장'이라는 소리를 듣기 시작한 계기가 바로 〈로보캅〉입니다.

폴 버호벤 감독이 아니었다면 그 영화는 지금과 같은 모양새가 되지 않았을지도 모릅니다. 〈로보캅〉의 각본을 쓴 에드 뉴마이어는 완성한 시나리오를 여러 감독들에게 보냈지만 아무런 답변을 들을 수가 없었습니다.

폴 버호벤 감독 또한 처음 시나리오를 받았을 때 '로보캅'이라는 제목을 보자마자 내용도 읽어보지 않고 던져버렸다고 고백했습니다. 로봇 형사라는 콘셉트가 지나치게 유치하다고 생각한 탓입니다. 여러 감독들의 거절 이유도 비슷했습니다.

실제로 원래 시나리오는 이후에 개봉한 영화와는 전혀 다른 분위기였다고 합니다. 감독들이 생각한 대로, 그저 B급 액션물이었지요. 사실이 그러하니 폴 버호벤 감독의 행동이 이해 갈 법도 합니다.

주저 없이 〈로보캅〉 연출을 거부한 그에게 다시 생각해보라고 권한 사람은 그의 아내였습니다. 그가 아무렇게나 내던져버린 시나리오를 찬찬히 읽어본 그녀는 남편을 설득하기 시작했습니다. 기존의 내용에 폴 버호벤만의 색깔을 담아내는 방식을 권한 것입니다. 흥미 위주인 히어로물에 사회 풍자와 블랙코미디를 더하고 주인공의 비극을 잘 표현한다면, 전에 없던 좋은 영화가 만들어질 것이라고요.

아내의 말에 시나리오를 다시 살펴본 폴 버호벤은 마침내 〈로보캅〉의 감독을 맡았고, 각본가와 수없이 다툰 끝에 시나리오를 상당 부분 수정했습니다. 영화를 촬영하는 동안에도 감독과 각본가, 배우, 스태프를 비롯한 많은 사람들이 다툼을 거듭했지만, 완성된 영화는 흥행성과 작품성이라는 두 마리 토끼를 잡으며 완벽한 성공을 거두었습니다.

폴 버호벤은 〈로보캅〉을 찍으며 만난 스태프들과의 인연을 토대로 〈토탈 리콜〉의 감독을 맡았고, 이 영화 또한 흥행에 성공합니다. 또한 〈토탈 리콜〉에 출연한 배우 샤론 스톤을 눈여겨보았다가 그녀를 주인공으로 한 영화 〈원초적 본능〉을 연출하면서 명실상부한 스타 감독의 반열에 올라섰습니다.

〈로보캅〉, 〈토탈 리콜〉, 〈원초적 본능〉은 폴 버호벤 감독의 필모그래피를 빛내는 핵심 작품들입니다. 애초에 〈로보캅〉을 맡았기에 가능했던 일이기도 합니다.

그가 자신의 능력을 펼치게 된 데 있어 누구보다 큰 역할을 한 사람은 아내였습니다. 아내의 조언이 없었다면 그는 〈로보캅〉의 시나리오를 다시 읽지 않았을 것이고, 다른 감독이 연출한 〈로보캅〉은 지금 우리가 기억하는 영화와는 사뭇 달랐을 것입니다.

폴 버호벤 감독의 아내는 영화라는 분야에 있어 남편만큼 전문가는 아니었습니다. 그러나 남편이 단지 제목만으로 시나리오에 대해 섣부르게 판단했을 때, 그녀는 찬찬히 그 내용을 읽어보았습니다. '영화에 관해 내가 누구보다 잘 안다'라고 생각한 폴 버호벤을 비롯해 많은 감독들이 우습게 여긴 줄거리를 새로운 시선으로 바라볼 줄도 알았습니다.

혹시 자신이 잘 안다고 생각하는 분야에 대해 지나치게 자신의 눈을 믿고 있지는 않나요? '잘 알지도 못하면서'라는 생각으로 주변 사람들의 조언을 귀담아듣지 않는 사람들도 많을 것입니다.

그러나 가끔은 전문가의 시야가 더 좁을 때도 있습니다. 자신에 대한 믿음과 자만이 눈을 가리기도 하니까요. 중요한 결정을 해야 한다면 주위에 조언을 구해보세요. 똑같은 것을 나와 다르게 바라볼 수 있는 사람들의 이야기를 듣는 일은 정말 중요합니다.

　　　　　　　　　　　　　　　　　　　　　　　　　　　°

　　　나만의 시각으로 나를 긍정하면 자만이고,
　　타인의 시각으로 나를 긍정하면 자신감입니다.

스트리트 파이터 2
성공기

고대인과 확연히 다른 현대인의 취미 중 가장 대표적인 것을 꼽으라고 하면 단연 게임일 것입니다. 집이나 오락실, PC방은 물론이고 요즈음은 스마트폰으로 지하철 안이나 거리에서나 시간과 장소에 구애받지 않고 게임을 즐길 수 있습니다.

게임 속 등장인물이 되어 각종 역할을 수행하는 롤플레잉 게임이나 다양한 SNS 플랫폼을 기반으로 한 소셜 게임이 인기를 끌고 있지만, 한때 콘솔용으로 나온 대전 액션 게임이 게임 시장을 주름잡았습니다. 대전 액션 게임이란 글자 그대로 게임 속 캐릭터들이 서로 싸우는 내용인데, 특히 남성들이라면 대부분 어린 시절 그런 게임에 푹 빠져 즐긴 기억이 있을 것입니다.

1991년 일본의 캡콤 사에서 출시한 '스트리트 파이터 2'는 대전 액션 게임의 시대를 여는 신호탄이었습니다. 캡콤은 저마다 다른 국적과 성향, 독특한 격투 기술을 지닌 개성 있는 캐릭터를 만들어 내는 동시에, 매우 획기적인 입력 시스템을 개발했습니다. 캐릭터의 이동을 제어하는 방향키와 동작을 제어하는 입력키를 서로 조합해 캐릭터에 새로운 움직임을 만들어내는, 일명 커맨드 입력 시스템입니다. 기존 게임의 경우 조이스틱은 방향을, 각 버튼은 동작 기능만을 담당했던 데 반해 커맨드 입력 시스템은 조이스틱 조작과 각 버튼을 누르는 순서를 조합하여 특정 기술을 사용할 수 있게 합니다. 그 조합을 정확히 입력하는 것이 바로 그 게임의 조작 숙련도라 할 수 있습니다.

이전의 액션 게임에 등장하는 캐릭터가 단순히 주먹과 발차기 정도의 동작만 보여줬다면, 스트리트 파이터 2의 캐릭터들은 커맨드 입력 시스템 덕분에 특수 기술이나 연속기 등 더욱 다채롭고 화려한 동작을 선보이게 되었습니다.

이 새로운 방식에 모든 게임 유저들은 열광적인 반응을 보였습니다. 어린아이들은 어디서나 "아도~겐!"을 외치며 장풍 쏘는 시늉을 하느라 정신이 없었고, 그들에게 있어 게임에 등장하는 캐릭터들은 영화배우나 가수보다 더 유명했습니다.

당시 커맨드 입력 시스템에 대해 특허까지 받았더라면 캡콤은 아마 어마어마한 돈을 벌었을 것입니다. 특허로 인해 받을 수 있는 기술 사용료가 엄청났을 테니까요. 그러나 정작 시스템을 개발한 사람인 니시타니 아키라는 그러한 독점권에 반대했고, 캡콤은 그의 의견을 존중해 결국 특허 출원을 포기했습니다.

반면 1997년 '비트매니아'라는 음악 게임을 출시한 게임회사 코나미는 자신들이 개발한 게임 방식으로 특허를 취득했습니다. 그 뒤부터 유사한 게임을 내놓는 회사들을 상대로 집요하게 소송을 걸어 막대한 손해배상금을 챙기곤 했는데, 끊임없이 이어지는 특허 침해 소송으로 인해 업계에서 미움을 살 정도였습니다.

특허 신청이 잘못된 일은 아닙니다. 애써 개발한 기술을 다른 회사에서 손쉽게 따라 한다면 그만큼 억울한 일도 없을 것입니다. 그러나 캡콤의 개발자 니시타니는 그다지 신경 쓰지 않았습니다. 그가 특허 출원을 반대했던 이유는 여러 게임 업체에서 더 좋은 게임을 개발하는 데 방해가 될 수도 있다는 사실 때문이었습니다.

사람들은 캡콤이 손해를 자처했다고 수군거렸지만, 결과는 달랐습니다. 커맨드 입력 시스템을 바탕으로 새로운 캐릭터와 격투 기술, 대전 방식 등을 선보인 게임들이 쏟아져 나오면서 오히려 관련 시장이 활성화되었고, 대전 액션 게임 시장은 양과 질 모든 면에서 성장하며 10년 가까이 인기를 얻었습니다. 스트리트 파이터 2 또한 새 버전으로 끊임없이 출시되며 캡콤에 엄청난 이윤을 남겼습니다.

캡콤과 반대의 길을 걸었던 코나미의 경우에는 비트매니아의 인기가 금세 시들해져 게임 자체로 인한 이득은 그리 오래가지 않았습니다. 만일 다양한 유사 게임들이 출시되지 않았다면 캡콤 또한 비슷한 상황에 처했을 것입니다. 회사 내에서도 스트리트 파이터 2를 보완하거나 업그레이드하는 노력을 게을리했을 것이고, 사람들은 늘 똑같은 대전 액션 게임에 싫증냈을 것이며, 그로 인해 금방 새로운 게임을 개발해야 했겠지요.

많은 돈을 벌어 걱정 없이 편하게 살고자 하는 욕심은 누구에게나 있습니다. 자연히 당장의 이익을 좇게 되고 큰돈을 향해 마음이 흔들립니다. 고생해서 얻은 성과라면 더더욱 그로 인한 대가를 포기하기가 쉽지 않습니다.

그러나 어떤 사람에게는 그 대가보다 더 중요한 것이 있습니다. 자신이 일하는 분야에 순수한 애정을 가지고 있었던 니시타니 아키라 그리고 그의 마음을 이해한 캡콤은 넝쿨째 굴러들어온 호박을 걷어찼지만, 결국 금덩이를 품에 안았습니다. 대전 액션 게임계의 전설로 남은 '스트리트 파이터 2'의 성공기는 돈의 가치만을 추구하며 캡콤을 비웃었던 사람들을 향한 통쾌한 반전 드라마입니다.

°

같은 숲에 있지만
누구는 더 큰 사냥감을 잡는 데 집중하고
다른 누구는 숲의 생태계를 돌보고자 합니다.

누가 숲의 지배자가 될까요?

벼랑을 향해
뛰는 무리

    한국의 높은 교육열은 세계적으로 유명합니다. 아이의 영어 교육을 위해 식구들이 서로 다른 나라에서 살거나, 대학 등록금과 맞먹는 비용이 드는 유치원에 보내는 등 자식을 위해 세 번 이사했다는 맹자의 어머니도 혀를 내두를 만큼 열성적인 부모들이 많습니다. 그 열기는 때로 정도를 넘어, 한때 아이의 영어 발음을 교정하기 위한 혀 수술이 인기라는 뉴스가 보도되며 많은 사람들을 충격에 빠뜨리고 논란이 되기도 했습니다. 문제는 '아이를 위해서'라는 명목으로 행해지는 수많은 일들이 오히려 아이를 더 힘들게 한다는 데 있습니다. 부모의 기대, 친구들 사이의 경쟁의식, 성적에 대한 압박감, 쉴 새 없이 이어지는 학원 수업으로 인한 피로 등 감당하기 힘든 스트레스로 고통받는 아이들의 이야기는 우리를 안타깝게 합니다.

부모들은 아이가 건강하고 행복하기를 바라지만, 때로는 성적이나 성과에 대한 요구가 지나쳐 아이를 불행에 빠뜨립니다.

불안감 때문입니다. 대부분의 아이들이 일찍 영어를 배우고, 학원을 여러 군데 다니고, 과외를 받는 상황에 우리 아이만 그냥 두었다간 남보다 뒤처질까 걱정이 되는 것입니다. 예전에는 비난했던 교육 방식인데, 심지어 지금도 그렇게 하고 싶지는 않은데 '남들도 다 하니까 나도 어느 정도는 해야겠다'라고들 말합니다.

자녀 교육뿐 아니라 우리 사회는 어떤 것이든 '적어도 남만큼은' 해야 한다는 강박관념에 사로잡혀 고통 아닌 고통을 받는 사람들로 가득합니다. 남들이 버는 만큼은 벌어야 하고, 남들이 사는 만큼은 사야 하고, 남들이 먹는 만큼은 먹어야 하고……. 대부분의 사람들이 하는 만큼 하지 못하면 패배자가 되거나 혹은 패배자로 인식될 것 같은 불안감에 시달립니다. 그래서 '대부분 그렇게 한다'고 하면 스스로의 생각이나 상황은 무시한 채 무작정 쫓아가곤 합니다.

아프리카에 '스프링복'이라는 산양이 있습니다. 이 산양들은 개인행동을 잘 하지 않고 꼭 집단생활을 하는데, 그 규모가 매우 커서 무려 수천 마리에 이릅니다. 이들은 무리에서 떨어지지 않으려는 성질이 강해 늘 함께 다니면서 풀을 뜯습니다. 엄청난 숫자에 달하는 산양들이 먹이를 먹으며 이동하다 보면 한 가지 문제가 발생합니다. 뒤쪽에 있는 녀석들이 무엇을 좀 먹으려고 해도 이미 앞쪽에 있는 녀석들이 배를 채운 후라 남은 풀이 없는 것이지요. 뒤쪽의 산양들은 남아 있는 풀을 찾으려고 계속 앞으로 나아가고, 앞쪽의 산양들은 걷는 속도가 자연히 빨라집니다. 그런데 앞에 가는 무리와 간격이 벌어지면 이 겁 많은 동물들은 혹시라도 무리에서 멀어질까 봐, 풀을 뜯으려던 애초의 목적은 잊은 채 오히려 걸음을 재촉합니다.

뒤쪽의 무리는 앞쪽의 무리를 계속 밀고, 앞쪽의 무리는 끊임없이 뒤쪽의 무리에게 쫓깁니다. 이렇게 스프링복들은 점점 빨리 걷다 못해 결국 뛰게 됩니다. 이들의 질주는 맹목적입니다. 왜 달리는지, 어디로 달리는지 누구도 모르는 상태로 무작정 달리는 것입니다.

이제 스프링복 무리는 낭떠러지를 만나도 멈출 수가 없습니다. 뒤에서 미니까, 앞에서 생기는 일을 볼 수가 없으니까 그저 다 같이 떨어져 떼죽음을 당하고 맙니다.

스프링복의 이야기는 우리에게 시사하는 바가 큽니다. 우리 또한 어디로 나아가고 있는지 모른 채 주위에서 말하는 대로, 남이 움직이는 대로 쫓아가고 있는 건 아닐까요? 옳지 않다고 여겼던 일조차 '그래도 다들 하니까'라는 핑계로 무심코 따라 하고 있는 건 아닐까요?

바쁘게 살아가는 와중에도 이 사회가, 그리고 그 안에 있는 내가 어디로 가고 있으며 제대로 가고 있는지 살피는 일은 반드시 필요합니다. 우왕좌왕할 시간이 없다며 발걸음을 재촉하다 보면 아무런 목적도, 정해진 방향도 없이 무작정 뛰는 산양 떼처럼 다른 사람에게 휩쓸려 갈 뿐입니다. 맹목적인 질주의 끝은 추락이라는 사실을, 명심해야 할 것입니다.

달리는 속도가 아무리 빨라도
방향이 틀리면 소용없습니다.

앙드레의 수술실

벤츠, 포르쉐, 페라리, 람보르기니…….

무엇을 나열했는지 눈치채셨나요? 세계적으로 유명한 자동차 브랜드이자 각 브랜드를 만든 창업자의 이름이기도 합니다. 자동차 회사를 세운 사람들은 자신의 이름을 따서 회사명을 지은 경우가 많습니다. '프랑스의 자동차 왕'으로 불렸던 앙드레 시트로앵도 예외는 아닙니다.

시트로앵은 자동차 제작뿐 아니라 마케팅의 귀재로도 유명했습니다. 그의 머릿속에는 사람들의 고정관념을 깨는 기발하고 재미난

아이디어가 가득했는데, 대표적인 것이 20세기 초의 에펠탑 광고입니다. 그는 에펠탑에 무려 25만여 개의 전구를 설치해 시트로앵의 알파벳을 표현함으로써 역사상 최초로 옥외광고를 선보였습니다. 광고계의 혁신이라고 할 만한 사건이었습니다. 시트로앵 사의 이름은 어두운 밤에도 변함없이 반짝이며 파리 시민들의 머릿속에 각인되었습니다. 새로 개발한 차의 성능을 알리기 위해 사막을 횡단하는가 하면 자동차 지붕 위에 코끼리를 얹고 파리 시내를 주행하는 등, 그 후로도 별난 홍보는 계속되었습니다.

상인 집안에서 태어난 시트로앵은 형편이 넉넉하지 않았지만 타고난 총명함으로 명문 학교를 졸업한 뒤 자동차 회사에서 일을 시작했습니다. 자동차를 만들겠다고 다짐한 것도 그때입니다. 그러나 그의 첫 사업은 군수물자를 공급하는 일이었습니다. 미국 자동차 회사 포드의 공장을 방문했던 시트로앵은 그곳에서 눈여겨본 대량생산 시스템을 적용해 무기를 생산해냈습니다.

시트로앵의 꿈은 1차 세계대전이 끝난 뒤 실현되었습니다. 그는 전쟁 중 벌어들인 돈으로 자동차 회사를 설립했습니다. 먼저 화제를 모은 것은 독특한 광고와 마케팅 방식이었지만, 자동차 제조에 있어서도 시트로앵의 새로운 시도는 끊임없이 이어졌습니다. 자동차 핸들을 돌리면 손대지 않아도 다시 제자리로 돌아오는데, 이 '셀프센터링'은 그가 고안한 기술입니다. 앞바퀴가 굴러가는 전륜구동 자동차도 시트로앵이 최초로 개발해낸 것입니다. 저마다 고급 자동차를 만드는 데 열을 올릴 때, 양산형 자동차를 생산해서 유럽의 자동차 대중화 현상에 기여하기도 했습니다. 그는 남들이 안 된다고 하는 일들을 해내는 사람이었습니다.

전륜구동 자동차 '트락시옹 아방'이 세상에 나온 1934년은 시트로앵 사의 절정기였다고 할 수 있습니다. 벌써 몇 년 전에 경쟁사인 르노와 푸조를 앞선 상황이었고, 앙드레 시트로앵 또한 프랑스 최고의 유명인 중 한 명이 되어 있었습니다.

회사의 상황이나 개인의 명성에 있어 정점을 찍었다고 할 만한 그때, 시트로앵은 다른 자동차 회사를 운영하고 있던 L. 르노로부터 연락을 받습니다. 새로 지은 공장으로 시트로앵을 초대하겠다는 내용이었습니다. 내심 자랑을 하고 싶었던 것이지요.

르노의 신축 공장을 둘러보고 돌아온 시트로앵의 눈에 자신의 공장은 어쩐지 이전보다 더욱 낡고 초라해 보였습니다. 적극적이고 활동적인 성격인 그는 당장 공장을 허물기로 결심했고, 얼마 지나지 않아 그 자리에 이전보다 훨씬 더 규모가 크고 최신식 설비를 갖춘 공장이 들어섰습니다. 르노를 앞서야 한다는 강박에 인테리어에도 무척 신경을 써 내부에는 빛나는 타일을 깔았습니다. 공장이 어찌나 깨끗했는지 '앙드레의 수술실'이라는 별명이 붙을 정도였습니다.

그러나 기쁨을 만끽할 새도 없이 곧바로 위기가 찾아왔습니다. 공장을 넓히고 새로 짓기 위해 빚을 진 데다 전륜구동 자동차 개발에 큰돈을 들인 터라, 회사는 휘청거리기 시작했습니다. 조급한 마음으로 진행한 탓인지 기술 개발에도 연이어 실패했습니다. 결국 시트로앵 사는 부도를 피하지 못한 채 순식간에 다른 기업에 팔리고 말았습니다.

시트로앵은 충격으로 앓아누웠고, 위암으로 세상을 떠났습니다. 1935년 7월의 일이었습니다. 단 1년 만에 인생의 정상에서 바닥으로 추락한 셈입니다.

인생이라는 마라톤에서 어떤 사람은 과도하게 남을 의식합니다. 앞서가면 앞서가는 대로 불안해하고, 뒤처지면 뒤처진 대로 조바심을 냅니다. 앞사람을 무조건 따라잡으려 하거나 뒤에 오는 사람을 자꾸만 돌아보다 보면 어느덧 자신의 호흡을 잃어버리게 됩니다.

중요한 것은 자기만의 계획과 전략입니다. 매 순간 다른 사람을 이기는 데에만 집중하다 보면 오히려 먼저 무너지게 됩니다. 앙드레의 수술실이 불러온 결과처럼, 지나친 경쟁심과 과욕은 순식간에 경기를 망칠 수도 있습니다.

자긍심이 있는 사람은,
굳이 남에게 보이려고

소유하지 않습니다.

천재 수학자의 인생

1996년, 미국의 대표적인 일간지인 〈뉴욕타임스〉와 〈워싱턴포스트〉를 비롯해 주요 유력 신문들에 3만 5천 자 분량의 논문이 실려 사람들의 이목이 집중되었습니다. '산업사회와 그 미래'라는 제목의 그 논문에는 과학기술에 대한 부정적인 견해, 산업화로 인한 인간소외 현상과 기계에 의존하고 물질을 숭배하는 인류에 대한 통렬한 비판이 담겨 있었습니다.

어떤 논설 위원이나 저명한 학자의 글이 아니었습니다. 그러나 당시에는 어느 누구보다 유명했던 사람이 쓴 것이었습니다. 논문을 작성한 주인공은 다름 아닌 폭탄 테러범, 일명 유나바머(Unabomber)라고 불리는 남자였습니다.

그가 유나바머라고 불린 까닭은 항상 대학(university)과 공항(airline)에 폭탄(bomber)을 보냈기 때문입니다. 폭탄이 터진 장소는 주로 컴퓨터 종사자, 유전학자를 비롯한 과학자들이 일하는 곳이었습니다. 우편으로 폭탄을 발송하는 방식의 이 테러는 1978년부터 무려 17년간이나 계속됐습니다.

범인의 목적은 명확했습니다. 신문에 게재된 글에서도 짐작할 수 있듯 산업화와 문명화를 막겠다는 의지였습니다. 열여섯 차례의 테러가 이어지면서 유나바머의 추종자가 생기기도 했습니다. 테러로 인한 사망자는 총 3명이었고 29명이 부상을 당했습니다. 사람들의 불안감은 커져만 갔습니다. FBI는 수사에 총력을 기울였지만, 20년이 다 되어가도록 범인의 행방을 알아내지 못했습니다.

그런데 유나바머가 먼저 연락을 해왔습니다. 그는 자신의 논문을 신문에 게재해주는 조건으로 테러를 멈추겠다고 약속했습니다. 이런 이유로 테러범의 글이 수많은 일간지에 실리게 된 것입니다. '유나바머의 선언문'이라고 일컬어지는 그 글은 상당한 지식과 조리 있는 서술 등 높은 수준으로 많은 사람들에게 큰 충격을 안겼고, 동시에 범인을 잡는 결정적인 단서가 되었습니다. 누군가 자신의 친형이 유나바머인 것 같다며 경찰에 신고한 것입니다. 신고자인 데이비드 카진스키는 평소 자신의 형이 주장하던 바와 논문의 내용이 같다고 진술했습니다. 그리고 필적 감정을 통해 마침내 범인의 정체가 드러났습니다.

미국 역사상 가장 유명한 테러범 중 하나인 유나바머의 본명은 시어도어 카진스키였습니다. 그의 정체가 드러날수록 미국인들은 경악을 금치 못했습니다. 그의 어린 시절이 여느 범죄자와는 너무도 달랐으니까요.

테드라고 불린 그는 부유한 집안에서 태어났고, 돈을 잘 버는 아버지와 아이들 교육에 관심이 많은 어머니 사이에서 특별한 문제없이 자랐습니다. 170에 가까운 아이큐를 가진 데다 특히 수학에 탁월한 재능을 보였는데, 덕분에 고등학교도 남보다 2년 먼저 졸업할 수 있었습니다. 하버드에 입학한 후에도 카진스키의 천재성은 빛을 발했습니다. 미시간대학에서 박사 학위를 받고 일찌감치 버클리대학 수학 교수가 된 그의 삶은 남들이 보기에는 승승장구 그 자체였습니다.

athematics

그러나 카진스키는 어느 날 갑자기 교수직을 그만두고 자취를 감춥니다. 그 뒤로는 누구도 그가 어떻게 사는지 알지 못했습니다. 체포될 당시 그는 강 근처에서 자급자족하는 생활을 하고 있었습니다. 전기가 들어오지 않고 수도와 통신 시설도 없는 작은 집에 살며 직접 가꾼 농작물로 식생활을 해결하는 것이 그가 사는 방식이었습니다.

카진스키가 어떤 계기로 문명사회에 그토록 심한 환멸을 느끼게 되었는지는 알 수 없습니다. 현대와 동떨어진 그의 생활방식은 이해받지 못할지언정 비난받을 만한 것은 아니었고, 그가 선언문을 통해 비판한 현대문명의 폐해 또한 우리가 진지하게 생각해봐야 할 부분입니다. 그러나 폭탄을 이용해 무고한 사람의 목숨을 빼앗은 테러는 명백한 범죄이며, 그가 제시한 문제의 해결책도 되지 못했습니다.

2010년, 저명한 기술문화 칼럼니스트인 케빈 켈리는 자신의 저서《기술의 충격》을 통해 기술의 결함을 주장하는 유나바머의 의견에 어느 정도 동의하는 반면, 기술이 없던 시대로 돌아가려는 해결 방식에는 찬성하지 않는다고 밝혔습니다. 그는 유나바머가 인위적인 기술을 폄훼하면서도 자신의 계획을 실행하기 위해 역설적으로 기술을 많이 사용했음을 지적합니다.

시어도어 카진스키는 종신형을 선고받고 지금도 감옥 안에서 지내고 있습니다. 사람들이 부러워할 만한 뛰어난 두뇌와 높은 지위, 학계의 명성을 지니고 있었다는 점에서 그의 인생이 맞이한 결말은 충격적입니다.

지금도 많은 사람들은 그와 같은 명문대에 진학하고자 하고, 그가 그랬듯 빠른 출세를 동경합니다. 자신이 그렇게 하지 못한 경우에는 자식을 통해서라도 그 소원을 이루려 애씁니다. 학부모들이 자녀의 입시 교육에 열을 올리는 것도 같은 이유에서입니다.

무엇을 위해 그렇게 하는지 스스로에게 묻는 사람은 얼마 되지 않습니다. 그저 성공을 거머쥐는 것까지가 대부분의 목표입니다. 일단 사회적인 성공을 얻으면 그 이후의 생활은 당연히 행복할 것이라고 믿습니다.

그러나 폭탄 테러범이 된 유나바머처럼 얼마든지 길을 잃을 수도 있는 것이 인생입니다. 그래서 항상 가장 마지막에 도달해야 할 장소를 염두에 두고 걸어가야 하는 법입니다.

여러분의 최종 목적지는 어디입니까?

○

신념은 지키는 것보다
그것이 올바른지 살펴보는 것이 더 중요합니다.

4장

희망은
아프다

우리는 꿈꾸어야 살아갈 수 있습니다.
꿈을 이루려면 끊임없이 견뎌야 합니다.
포기하지 않는 만큼 희망도 단단해집니다.

수평선의 끝

"운동을 하다 보면 한계에 다다를 때가 있어요. 그런데 그때 그만두면 안 돼요. 예를 들어 윗몸일으키기를 하다가 도저히 더 이상은 못 하겠다 싶을 때 이를 악물고 한 개를 더 해야 해요. 그 한 개로 인해 살이 빠지는 거예요."

수많은 여성들의 '워너비'인 한 유명 모델은 몸매 비결을 묻자 이렇게 답했습니다. 실제로 단 한 번의 윗몸일으키기가 체중을 줄여주지는 않지만, 그녀의 말 속에는 포기하고 싶은 순간을 이겨내며 운동을 계속해야 원하는 바를 이룰 수 있다는 뜻이 담겨 있습니다.

운동만 그런 것은 아닙니다. 불가능할 것 같던 일도 꾸준히 하다 보면 어느 날 성과가 보이기 마련입니다. 어제까지만 해도 어설펐던 무용 동작이 오늘은 멋지게 완성되고, 어색했던 기타 연주가 갑자기 자연스러워지는 것처럼요. 처음에는 두세 줄 나열하기도 힘들었던 글을 어느새 쭉쭉 써나갈 수 있게 되는 것도 마찬가지입니다.

사실 노력과 성장은 반드시 같은 속도로 비례하지 않습니다. 노력하는 양을 가로축으로, 성장의 정도를 세로축으로 한 그래프가 있다면 '노력과 성장의 상관관계'는 사선이 아니라 수평선과 수직선이 반복되는 계단식 형태를 보일 것입니다. 노력이 어느 정도 계속되어야 비로소 결과가 나타나고, 또 아무런 변화가 없다가 얼마간의 노력이 쌓인 후에 다시 결과가 나타나는 식입니다. 그러니 아무리 노력해도 달라지는 것이 없다며 '이게 내 한계인가 보다'라고 자책할 필요는 없습니다. 그래프의 수평선상에 있는 것일 뿐, 수직으로 성장하는 시기가 분명 올 것이기 때문입니다.

성공에 이르는 데 있어 우리가 기억해야 할 말은 한계점이 아니라 임계점입니다. 임계점이란 물리학 용어로, 간단히 설명하자면 물질의 고유한 성질이 바뀌는 온도나 압력, 혹은 변하는 그 지점을 의미합니다. 물을 예로 들면 이해하기 쉽습니다. 액체 상태인 물은 100도(℃)가 되면 기체 상태인 수증기로 변합니다. 따라서 100도가 바로 임계점인 셈입니다.

물이 100도에서 끓는다는 점은 누구나 아는 과학 상식이지만, 조금만 생각해보면 참 놀라운 사실입니다. 99도, 99.5도 그리고 99.99……도일 때까지만 해도 이전처럼 액체로만 존재했던 물질이 100도가 되는 순간부터 기체로 변한다는 게 참 신기하지요. 앞서 이야기한 '노력과 성장' 그래프와도 비슷한 현상입니다. 100도 직전 까지는 계속 아무 변화가 없는 상태, 즉 수평선과 같다가 100도가 되는 순간 수직선이 되듯 완전히 변하는 것입니다.

인간의 의지나 논리와는 관계없는 것이지만, 이러한 자연현상을 통해 우리는 묘하게도 긍정적인 에너지를 얻습니다. 한계가 보이는 것 같아 힘이 들 때, 곧 다가올 것은 한계점이 아니라 임계점이라고 생각하며 버틸 수 있을 테니까요.

전구 하나를 발명하기 위해 2,000여 번의 실패를 거친 에디슨의 일화는 잘 알려져 있습니다. 누군가가 실패의 연속으로 힘들었던 시간을 어떻게 견뎠냐고 묻자 그는 대답했습니다. 자신은 실패한 적이 없으며, 다만 전구를 만들 수 없는 2,000가지 방법을 배운 것이라고. 그는 전구를 만들어내지 못할 때마다 그것을 실패라고 생각하지 않았습니다. '이게 한계다'라는 마음으로 포기했다면 전구를 발명할 수 없었을 것입니다. 실패와 함께 노력도 계속되었고, 결국 그의 마지막 실패는 성공으로 넘어가는 임계점이 되었습니다.

정말 노력했는데도 원하는 바를 이루지 못한 사람들 중 많은 수가 어쩌면 99도 즈음에서 멈추었던 것은 아닐까요?

오랫동안 노력의 결과가 보이지 않는다고 해서 멈추지 마세요. 조금만 더 나아가면 물이 끓듯 기다렸던 성공이 찾아올지 모릅니다. 당신이 다다른 벽은 한계점이 아니라 임계점일 수 있습니다.

물은 100도에서 끓지만 0도에서 얼기도 합니다.
임계점은 하강할 때도 존재합니다.

나의 시대가
올 것이다

여러분들은 '클래식 작곡가'라고 하면 누가 떠오르나요? 음악의 신동 모차르트? 조르주 상드와의 로맨스로도 유명한 쇼팽? 누군가는 우리에게 익숙한 〈운명〉 교향곡의 작곡가 베토벤을 떠올릴지도 모릅니다. 처음부터 구스타프 말러를 생각하는 사람은 그리 많지 않을 것입니다. 학창 시절 음악 시간에 한 번쯤 들어봤을 법한 이름이지만, 말러는 대중에게 그리 친숙한 인물은 아닙니다.

클래식 애호가들에 따르면 말러의 음악은 난해한 면이 있어서, 처음 들었을 때부터 즐기기는 쉽지 않다고 합니다. 그러나 그 속에

듣는 사람을 사로잡는 강한 힘이 있는 것은 분명합니다. 말러는 그 야말로 광적인 추종자들을 거느리고 있습니다. 그 어떤 저명한 작곡 가도 말러만큼 열렬한 사랑을 받지는 못할 것입니다. 말러 마니아를 뜻하는 '말러리안'이라는 신조어가 있을 정도니까요. 지금도 유명 오케스트라에 의해 말러의 음악이 연주될 때면 전 세계 말러리안들이 공연장으로 몰려듭니다. 2020년에 암스테르담에서 열릴 예정인 '말러 페스티발'에 대한 관심도 벌써부터 뜨겁습니다.

말러는 자신의 인기를 예언이라도 하듯 친구에게 '나의 시대가 올 것이다'라고 말하곤 했습니다. 어린 시절부터 음악에 뛰어난 소 질을 보였던 말러의 꿈은 작곡가였습니다. 자신이 만든 곡에 대한 자부심도 대단해서 브람스가 심사위원으로 있던 빈 음악원의 베토 벤 상에 〈탄식의 노래〉라는 곡을 야심차게 출품했습니다. 상을 받으면 평생 곡을 쓰겠다고 다짐했지만, 수상에는 실패하고 맙니다.

계속해서 음악 활동을 하고 싶었던 말러는 결국 지휘자의 길을 선택했습니다. 빈의 국립 오페라극장에서 음악 감독으로 와달라는 제안을 받기도 했고 뉴욕 필하모닉 오케스트라를 이끄는 등 지휘자 로서는 승승장구한 반면, 작곡가로서의 말러는 아직 초라했습니다.

열정을 바쳐 작곡한 음악들은 어찌된 일인지 아무런 관심을 불러일으키지 못했습니다. 그나마 약간의 호평을 받은 몇몇 교향곡들도 사람들의 기억에서 사라져갔습니다. 1911년 세상을 떠날 때까지, 그리고 그 뒤로도 작곡가 말러의 시대는 결국 오지 않는 듯했습니다.

말러가 남긴 음악에 주목한 사람은 현대의 가장 뛰어난 지휘자 중 한 명이라고 평가받는 레너드 번스타인입니다. 그가 말러의 교향곡들을 연주하면서 많은 사람들이 말러의 음악을 다시 듣게 되었고, 그의 작품 세계를 비로소 이해하기 시작했습니다. 어렸을 때 경험한 형제들의 죽음과 여러 번 어긋난 사랑으로 인한 우울한 감정 그리고 절망적인 세기말의 분위기를 탁월하게 표현한 훌륭한 작곡가로 재평가되면서 말러는 높은 인기를 얻기에 이릅니다. 죽은 지 50여 년이 지난 후에야 작곡가로서의 역량을 인정받은 것입니다.

수많은 예술가들이 말러의 경우처럼, 생전에 작품을 인정받지 못합니다. 과학자들도 마찬가지입니다. 시간이 꽤 흐른 후, 혹은 죽은 뒤에야 그들의 주장과 이론이 맞았다는 사실이 밝혀지는 경우가 많습니다. 누구도 알아주지 않는다고 해서 말러가 작곡을 그만두었다면, 누구도 알아주지 않는다고 해서 많은 화가들이 그림을 그리지 않거나 과학자들이 연구를 포기했다면, 우리가 살고 있는 오늘날은 지금보다 훨씬 불편하고 황폐했을 것입니다.

'자신이 생각하기에 잘하는 일'과 '남이 생각하기에 잘하는 일'이 같다면 이상적이겠지만, 때로는 그것이 서로 다를 수도 있습니다. 다른 사람의 인정을 받지 못하는 일이라면 '능력'이라고 말하기 어려운 것도 사실입니다. 살아생전의 말러가 능력 있는 작곡가로 인정받지 못했던 것처럼 말입니다.

능력을 중시하는 사회에서 우리는 자신이 잘한다고 생각하는 일보다는 남들이 잘한다고 인정하는 일을 하라고 요구받습니다. 어쩌면 그런 일을 하는 것이 경제적인 문제나 평판 면에서는 더 큰 만족을 가져다줄지도 모르겠습니다. 그러나 지휘자로 살면서도 작곡을 놓지 않고 계속했던 말러처럼, 스스로 실력이 있다고 강하게 믿는 일이 있다면 멈추지 말아야 할 것입니다.

자신의 재능을 믿으세요. 오랜 시간 주목받지 못했던 성과도 언젠가는 빛을 발할 수 있습니다.

내가 나를 믿지 못하면
누가 나를 믿어줄까요?

시도하는 용기

　세상에는 참 뛰어난 사람들이 많습니다. 무엇이든 한번 보기만 하면 줄줄 외우는 사람, 절대음감을 가진 사람, 운동신경이 비범해 세계적인 스포츠스타가 된 사람……. 이렇게 타고난 천재가 아니더라도 평범한 일상을 멋지게 바꾸는 사람들도 종종 보입니다. 그들은 틈틈이 사진 찍는 법을 배워 전시회를 연다든지 산악 동호회에 들어가 해외 등반에도 도전하는 등 비상한 일들을 척척 해냅니다.

　반복되는 출근과 퇴근, 잠을 보충하느라 바쁜 주말, 벼락치기처럼 다녀오는 여행과 늘 비슷한 대화가 오가는 술자리. 가끔 우리는 삶을 돌아보며 생각합니다. '내 생활은 왜 이리 특별한 게 없을까?' 하고 말이지요. 뭔가 신 나는 일이라도 좀 생겼으면 좋겠는데, 주변의 상황은 좀처럼 달라지지 않습니다.

해가 바뀌면 사람들은 저마다 새롭게 결심합니다. 올해는 악기를 배우리라, 운동을 해서 멋진 몸을 만들어보리라……. 조금씩 삶을 변화시키기 위한 야심찬 계획들입니다. 그러나 막상 알아보니 생각보다 어려울 것 같아서, 혼자 하기 꺼려지거나 시간이 별로 없다는 이유로 자꾸 미루는 경우가 많습니다. 결국 이전과 별반 다르지 않은 한 해를 보내고 맙니다.

2011년, 예르지 비엘레츠키라는 사람이 폴란드 남부에서 평화롭게 눈을 감았습니다. 폴란드인이었던 그는 열아홉 살의 어린 나이에 레지스탕스라는 누명을 쓰고 아우슈비츠로 끌려갔습니다.

아우슈비츠는 나치 독일이 유대인을 말살하기 위한 목적으로 세운 악명 높은 수용소입니다. 그곳에는 유대인을 비롯해 폴란드 정치범, 집시, 러시아인 등 다양한 인종이 수용되었습니다. 정신이상자나 동성애자처럼, 나치가 같은 민족으로 인정하지 않는 독일인도 일부 포함되어 있었습니다.

나치는 끌고 온 사람들을 노동이 가능한 사람과 그렇지 않은 사람으로 분류했습니다. 그리고 후자는 모조리 가스실에 가두어 살해했습니다. 대부분 힘없는 노인과 어린이, 병에 걸린 환자들이었습니다. 그들은 때로 잔인한 생체 실험의 희생양이 되기도 했습니다. 일할 수 있는 사람들 또한 수용소의 공간이 부족하거나 일을 제대로 하지 못하면 가스실로 보내지는 경우가 많았고, 영양실조로 죽는 사람도 셀 수 없을 지경이었습니다.

파시즘에 저항하다 아우슈비츠로 끌려갔던, 유명한 작가이자 화학자 프리모 레비는 저서《이것이 인간인가》에서 말합니다. 아우슈비츠에서는 유대인뿐 아니라 러시아인, 독일인 모두 함부로 저항하지 못했다고 말입니다. 수용자들의 생존 기간이 평균 3개월인 그곳에서, 그는 끝까지 살아남아 훗날 증언을 하겠다는 마음으로 독하게 버텼다고 합니다.

이렇듯 인종과 국가를 떠나 인간이라면 단 하루도 견디기 힘든 곳이었지만, 탈출을 시도하는 사람은 드물었습니다. 자칫 실패하면 수용소 중앙에 있는 교수대로 끌려갔기 때문입니다. 그러나 죽음을 각오할 만큼 큰 용기를 낸 사람이 바로 예르지 비엘레츠키입니다. 비엘레츠키는 4년 동안 다른 수용자들과 마찬가지로 강제노동을 하며 언제 죽을지 모르는 생활을 하던 중 수용소 안에서 한 유대인 처녀를 만났습니다. 그녀의 이름은 실라 시불스카. 두 사람은 각자 일을 하다가 곡식창고 앞에서 자주 마주쳤고, 남녀의 만남이 금지되어 있던 수용소 안에서 조금씩 대화를 나누다가 사랑에 빠졌습니다. 시불스카의 가족이 모두 죽었다는 말을 들은 비엘레츠키는 사랑하는 그 여인에게 약속했습니다. 아우슈비츠에서 함께 도망가 살자고 말입니다.

계획은 차근차근 진행되었습니다. 비엘레츠키는 수용소의 문을 빠져나가기 위한 가짜 주문서를 만들었고, 세탁실에서 일하는 동료 수용자에게 부탁해 SS(독일 무장친위대) 제복 한 벌을 빼냈습니다. 제복으로 위장한 뒤, 감시가 소홀한 틈을 타 수용자를 이송한다는 명목으로 시불스카와 함께 마침내 아우슈비츠를 탈출할 수 있었습니다. 혹시라도 붙잡힐까 열흘 동안 정신없이 벌판을 걸은 두 사람은 마침내 비엘레츠키의 사촌이 사는 집에 도착했습니다. 마치 영화 같은 그들의 탈출기는 해피엔딩으로 막을 내렸습니다.

아우슈비츠에 갇혀 있던 수많은 사람들이 탈출을 꿈꿨을 것입니다. 그러나 감히 시도한 사람은 많지 않았습니다. 실패와, 그 이후의 처벌에 대한 엄청난 공포 때문입니다. 비엘레츠키라고 해서 무섭지 않았을 리 없었겠지요. 다만 그에게는 누구보다 더 큰 용기가 있었습니다. 그리고 바로 그것이 그가 처해 있던 끔찍한 상황을 바꾸었습니다. 끝까지 용기를 내지 못했다면, 비엘레츠키 또한 그저 나갈 수 있는 날이 오기를 손꼽아 기다리며 지옥 같은 수용소에서 하루하루를 보냈을 테지요.

혹시 남과 다른 인생을 즐기는 사람들을 보면서 '시간이 많아서 그럴 거야. 아니면 돈이 많겠지'라고 생각한 적이 있나요? 그것은 어쩌면 아무것도 시도하지 않은 자신을 합리화하기 위한 핑계일지도 모릅니다.

시도하지 않는 한 무엇도 변하지 않습니다. 그러니 용기를 내서 그동안 생각만 했던 일들을 시작해보세요. 아우슈비츠에서 탈출하는 것보다는 한결 쉬울 거라고 믿으면서 말입니다.

핑계란 언제나

그 이유가 나 자신이 아닌
외부에 있습니다.

월터 롤리 경의
연구

많은 사람들이 성공을 꿈꿉니다. 그럴 만도 합니다. 어린 시절부터 끊임없이 성공한 사람이 되어야 한다는 압박감 속에서 생활하니까요. 대단한 성공까지는 아닐지라도, 하고 있는 일이 잘되길 바라지 않는 사람은 없을 것입니다. 조금이라도 더 '잘되기' 위해 우리는 바쁘게 살아갑니다. 늦은 시각까지 일을 하고, 만원 지하철에서 이어폰을 꽂은 채 외국어 강의를 듣는 등 자기계발을 위해 시간을 투자합니다. 쉴 새 없이 달리다 보면 가끔 슬럼프가 찾아오기도 합니다. 열심히 살아도 누가 알아주기나 할까 의문입니다. 사람의 생명을 살리거나 전쟁을 끝내는 일을 하는 것도 아닌데, 이렇게까지 노력할 만한 가치가 있는 것인지 회의가 듭니다. 애쓴 것에 비해 성과가 없을지 모른다는 걱정, 성과를 내봤자 대단한 일도 아닐 것이라는 두려움 때문에 힘이 쭉 빠집니다.

대부분의 직장인들은 눈앞에 떨어진 업무에 매달려 시간을 보냅니다. 한때 유행했던 말마따나 '1등만 기억하는 더러운 세상'에서 이런 고만고만한 일을 잘해보려고 아등바등해봤자 과연 무슨 소용이 있나 싶어 무기력해지는 것도 사실입니다.

그렇다면 의미 있는 일이란 무엇일까요? 그리고 그 기준은 누가 정하는 것일까요?

16세기 영국, 시대를 풍미했던 정치가 월터 롤리 경의 이야기입니다. 그는 미국 동쪽 해안을 탐험한 후 그곳에 '버지니아'라는 이름을 붙여 엘리자베스 여왕에게 바치고, 그곳에서 나는 담배를 영국에 처음 들여올 정도로 유명한 탐험가였습니다. 역사가이자 시인으로도 활동했으니 완벽한 르네상스형 인간이라고 말할 수 있습니다.

여왕의 총애를 한 몸에 받으면서 시대를 풍미했던 월터 롤리는 여왕의 별세 후 반역 사건에 휘말려 런던 탑에 갇힙니다. 그 위세가 대단했던 만큼 갑작스러운 추락에 더 크게 절망했을 법도 했으나, 그는 그 안에서도 할 수 있는 일을 찾아내 몰두하기 시작했습니다. 그것은 다름 아닌 식물을 키우는 일이었습니다.

식물 재배는 곧 리큐어 제조 연구라는 또 다른 일로 이어졌습니다. 리큐어는 과일이나 꽃, 향신료처럼 맛과 향이 있는 재료를 위스키와 브랜디, 럼 등에 섞어서 만드는 알코올음료입니다. 초콜릿이나 케이크에 넣기도 하지만, 주로 칵테일에 맛과 향을 내기 위해 사용하지요.

각각의 리큐어는 제조법이 따로 있어 아무나 만들 수가 없습니다. 식물과 꽃의 향기에 매료된 월터 경이 그것으로 새로운 리큐어를 만들어보고자 한 것입니다.

얼마나 더 갇혀 있을지, 언제 갑자기 처형될지 모르는 마당에 그런 일을 하니, 다른 사람들은 그의 연구를 소용없는 짓으로 여겼습니다. 성공하리라는 보장도 없을뿐더러 알아주는 사람 하나 없는 일이었기 때문에, 어쩌면 월터 경 또한 때로는 다 그만두고 싶다고 생각했을지도 모릅니다.

그래도 그는 멈추지 않았습니다. 최고의 리큐어를 만들겠다는 욕심 때문이 아니라, 아무것도 하지 않는 것보다 무엇이든 열심히 하는 것이 더욱 가치 있는 일임을 알았기 때문입니다. 그는 탑 안에서 무려 13년이라는 긴 시간을 보냈고, 결국 자신의 마음에 드는 리큐어를 만들어냈습니다. 만일 그가 그리 대단한 일이 아니라며 연구를 그만뒀다면 리큐어 '서 월터 롤리(Sir Walter Raleigh)'는 탄생하지 않았을 것입니다.

'서 월터 롤리'는 최고라는 찬사를 듣는 리큐어는 아닙니다. 가장 많이 팔리거나 가장 흔히 쓰이는 리큐어도 아닙니다. 그러나 지금도 분명 누군가는 그 맛과 향으로 인해 행복해하고 있을 것입니다. 때문에 누구도 그것을 쓸모없는 술이라 말할 수 없습니다.

우리가 하고 있는 일이 모두 대단하지는 않을 것입니다. 엄청난 부나 명예와는 거리가 먼 일일 수 있고, 인류 역사에 남은 업적들에 비한다면 먼지 한 톨처럼 여겨질지 모릅니다. 그러나 그렇다고 해서 불필요한 일도 아닙니다.

꽃에 향기를 더하고 과일의 당도를 높이려고 연구하는 사람들, 떼어내 버리지 않아도 되는 캔뚜껑과 손톱이 튀지 않는 손톱깎이를 만든 사람들처럼, 대다수가 별것 아니라고 여기는 일에 시간과 노력을 바친 사람들 덕분에 우리는 조금 더 편하고 행복하게 살아갑니다. 그리 중요한 일이 아니라는 이유로 모두가 자신의 일에 열정을 다하지 않는다면 세상은 지금처럼 돌아가지 않을 것입니다.

나사 하나를 조이는 일이라고 해도 그렇게 조립된 기계가 누군가에게 편리함을 주기에, 재미로 쓴 글이라고 해도 누군가에게 웃음과 위로를 주기에 반드시 필요한 일입니다. 언젠가는 한 명이 아니라 수십 명, 수천 명에게 편리함과 웃음 그리고 위로를 선사할 수도 있겠지요.

숨을 한번 크게 들이쉬고 다시 달려보세요. 당신이 하고 있는 일은 이미 충분히 가치 있습니다.

o

높이 오르려는 사람들만 있는 것이 아닙니다.

멀리 가려는 사람도 있고,
깊이 들어가려는 사람도 있습니다.

필 리 핀 의
무 명 가 수

2007년 필리핀. 미국대사관의 한 사무실에서 비자 발급을 위한 인터뷰가 진행되는 중이었습니다. 미국인 입국심사관 앞에는 짙은 갈색 피부의 왜소한 남자가 서 있었습니다. 그를 향한 심사관의 눈빛은 날카롭고 엄격하면서도 약간의 궁금증이 서려 있었습니다.

필리핀 남자는 살짝 긴장했지만, 침착하게 질문에 답했습니다. 그래도 심사관은 그의 말을 믿지 못하는 듯했습니다.

"다시 얘기해봅시다. 그러니까, 무슨 일로 미국에 간다고요?"

"말씀드렸다시피 저니(Journey)의 보컬 오디션을 보러 갑니다."

"저니? 밴드 저니 말이오?"

"맞아요. 그들이 제게 오디션을 보러 오라고 했습니다."

말이 끝나기가 무섭게 심사관의 얼굴에 조소인지 미소인지 알 수 없는 엷은 웃음이 번졌습니다. 마치 이렇게 생각하는 것 같았습니다.

'저니가 당신을 불렀다고? 무슨 헛소리야!'

저니는 1970년대부터 수많은 명곡을 발표하며 오랜 시간 동안 미국인은 물론 전 세계 음악팬들의 사랑을 받은 유명한 밴드입니다. 1987년 잠시 해체했다가 다시 돌아와 지금까지 활동하고 있는 장수 밴드이기도 합니다.

멤버들 모두 실력이 출중했지만, 저니가 지금처럼 유명해지는 데 누구보다 큰 역할을 한 사람은 보컬 스티브 페리였습니다. 고음을 시원하게 넘나드는 그의 목소리는 날카로우면서도 가볍지 않고 개성이 있다는 평을 들으며, 강한 매력으로 팬들을 사로잡았습니다. 대중음악사에 길이 남을 보컬을 꼽을 때 빠지지 않는 인물이 바로 스티브 페리입니다. 1990년대 후반, 뜻이 다르다는 이유로 멤버들과 헤어졌지만 스티브 페리는 저니라는 밴드가 언급될 때 자연히 떠오르는 이름입니다. 그런데 스티브 페리와 달라도 너무 달라 보이는 먼 나라의 이방인에게 저니가 직접 보컬 자리를 제안했다니, 심사관 입장에서는 꺼림칙할 만도 했습니다. 이 가난한 동남아인이 엉뚱한 핑계를 대고 미국에 가서 눌러앉으려는 것은 아닐까 걱정했는지도 모릅니다.

그렇다면 노래를 한번 불러보라고, 심사관은 짓궂은 농담을 던지듯 말했습니다. 의심과 호기심이 섞인 시선 앞에서 남자는 자신 있게 저니의 히트곡을 부르기 시작했습니다. 순간 불신으로 가득했던 공기는 사라지고, 놀라움과 감탄, 호의가 넘치는 칭찬들이 쏟아졌습니다. 그는 그렇게 비자를 발급받고 미국으로 떠났습니다.

그의 이름은 아널 피네다, 직업은 가난한 무명 가수였습니다. 열세 살에 어머니를 여읜 후 두 동생을 책임져야 했던 그는, 오로지 성당에서 과자를 받기 위해 어린 시절부터 노래를 불렀습니다. 노래는 그가 좋아하는 일이자 가장 잘하는 일이었고, 결국 저니의 음악을 카피하는 밴드에서 보컬로 활동하는 계기가 되기도 했습니다. 음악을 하는 동안 그의 형편은 크게 나아지지 않았습니다. 국민 대부분이 노래와 춤을 즐기는 만큼 실력자도 많은 필리핀에서 아널 피네다는 수많은 무명 보컬 중 한 사람이었을 뿐입니다.

그러나 그에게도 팬이 있었습니다. 어떤 사람은 작은 라이브 클럽과 카페 무대에서 노래하는 아널의 모습을 촬영해 유튜브에 올리기도 했는데, 때마침 새 보컬을 찾고 있던 저니의 기타리스트 닐 숀이 우연히 그 영상을 보게 됩니다.

당시 내리막길을 걷는 듯했던 저니는 오래전 히트곡 〈돈 스탑 빌리빈(Don't Stop Believin)〉이 인기 드라마 〈소프라노스〉에 나오면서 다시금 주목받는 중이었습니다. 그러나 정작 노래를 할 보컬이 없었습니다. 스티브 페리가 탈퇴한 후 들어온 보컬들이 저마다 별다른 성과 없이 팀을 떠났기 때문입니다.

처음 닐 숀의 이메일을 받았을 때 아널은 어안이 벙벙했습니다. 너무 좋아서 무작정 따라 부른 저니, 그 밴드의 보컬이 되어달라니! 그는 믿을 수가 없었고, 그저 누군가의 장난인 줄로만 알았다고 합니다. 우여곡절 끝에 입국심사를 통과한 피네다는 미국으로 가 오디션을 보았습니다. 그리고 마침내 저니의 새 보컬이 되었습니다.

이제 아널 피네다는 유명인입니다. 가창력도 뛰어나지만, 사람들이 그를 기억하는 또 다른 이유는 필리핀의 이름 없는 가수였다가 세계적인 밴드의 보컬이 된 인생 역전 스토리 때문입니다. 저니

보컬의 부재, 아널의 팬이 올린 영상, 그것을 발견한 닐 숀 등 여러 가지 우연들이 겹치면서 아널의 삶은 완전히 바뀌었습니다. 그러나 우연만으로는 그에게 일어난 일을 설명할 수 없습니다. 벗어날 수 없는 가난과 누구도 알아주지 않는 생활에 지쳐 노래를 포기했다면, 어떤 기회도 찾아오지 않았을 것입니다.

> 우연이란 존재하지 않는다. 무엇인가를 절실하게 필요로 하는 사람이 자신에게 정말로 필요한 것을 찾아내면 그것은 그에게 주어진 우연이 아니라 그 자신이, 그 자신의 욕구와 필요가 그를 거기로 인도한 것이다.

헤르만 헤세의 소설 《데미안》에 나오는 구절입니다. 노래를 그만두는 게 나을지도 모른다는 생각을 수십 번, 어쩌면 수백 번 이겨냈을 아널 피네다. 그를 새로운 운명으로 이끈 것은 결국 그 자신이었습니다.

●

기회를 놓치지 않는 유일한 방법은
포기하지 않고 계속하는 것입니다.

입으로 그리고,
눈으로 쓰다

예부터 만화 강국인 일본에서는 만화가가 연예인 못지않은 인기를 누려왔습니다. 지금도 관련 직종을 목표로 하는 사람의 수가 상당하고, 그러다 보니 그림을 잘 그리는 사람도 많습니다.

유명한 일러스트레이터인 고토부키 시로도 그중 한 명입니다. 그는 포토샵과 같은 프로그램을 이용해 주로 게임 원화를 그립니다. 항상 예쁜 여자 캐릭터가 등장하는 그의 그림은 화사한 색채와 섬세한 표현, 아련한 분위기가 특징입니다. 고토부키는 일러스트 강좌를 진행하면서 한국인들에게도 알려지기 시작했습니다.

그림으로만 고토부키를 알던 사람들은 그의 모습을 보면 대부분 크게 놀랍니다. 그가 양쪽 손과 발을 모두 쓰지 못하는 중증 장애인이기 때문입니다.

평범한 직장인이었던 고토부키는 교통사고로 순식간에 전신마비 판정을 받았습니다. 처음에는 자살하고 싶다는 생각뿐이었습니다. 그러나 그는 이제 자살조차 시도할 수 없는 몸이었습니다. 어찌할 바를 모르는 그에게 의사는 의외의 치료법을 제안합니다. 컴퓨터 그래픽으로 그림을 그려보라는 것이었습니다. 그 말에 고토부키는 벌컥 화를 냈습니다. 온몸을 움직이지 못하는데 그림이라니! 게다가 그는 그림 그리는 일에 흥미를 느낀 적이 없었습니다. 사고를 당하기 전의 그림 실력 또한 보잘것없었지요.

그러나 의사의 권유는 끈질기게 계속되었고, 성을 내던 고토부키도 어느 날은 결국 "뭐, 예쁜 여자를 그리는 일은 나쁘지는 않겠네요" 하며 웃어넘겼습니다. 별 뜻 없는 농담이었습니다. 그런데 그의 말을 들은 의사는 다음 진료 때 성인용 화보집을 가져왔다고 합니다. 사진 속 여성들을 모델로 그림을 그려보라는 의미였습니다. 환자를 생각하는 의사의 정성에 감동해서일까요? 손끝조차 움직이지 못하는 이 남자는 결국 그림을 한번 그려보자고 결심합니다.

고토부키는 태블릿 펜에 막대를 연결해 입에 물었습니다. 움직일 수 있는 것이라고는 얼굴과 목뿐이었기 때문입니다. 처음에는 선 하나를 긋기도 힘들었습니다. 입술은 덜덜 떨렸고, 펜 끝은 마음과 다르게 제멋대로 움직였습니다. 그러나 실망과 절망을 반복하며 애쓰는 동안 형편없던 실력은 점점 나아졌고, 나중에는 모든 사람들이 감탄할 만한 그림을 완성하게 되었습니다.

그가 현재 자리에 오르기까지 남보다 훨씬 더 많은 노력이 필요했을 것입니다. 그를 아는 사람들은 그의 성취에 새삼 감동합니다. 그 과정이 얼마나 험난했을지 충분히 짐작할 수 있는 까닭입니다.

고토부키 시로가 입으로 사람들을 놀라게 했다면 장 도미니크 보비는 한쪽 눈꺼풀로 세상을 울렸습니다. 그는 세계적으로 유명한 패션 매거진 〈엘르〉의 편집장으로 누구보다 멋지게 사는, 소위 '잘나가는' 사람이었습니다.

꽤 성공했다 자부하던 그에게 1995년, 크나큰 시련이 닥칩니다. 갑작스레 쓰러진 그는 2주 동안 깨어나지 못했습니다. 가까스로 눈을 떴을 땐 이미 아무것도 할 수 없는 상태였습니다. 그가 마음대로 움직일 수 있는 부분이라고는 겨우 왼쪽 눈꺼풀 하나였습니다.

또렷한 의식 때문에 그는 더욱 힘들었습니다. 몸을 움직일 수도, 말을 할 수도 없었기에 마치 혼수상태에 빠진 식물인간처럼 보였지만, 신체 기능이 마비되었다는 점 외에 그는 이전과 똑같은 사람이었습니다. 보비의 병명은 감금증후군. 그 이름처럼 그의 영혼은 죽은 육체 안에 갇혀 있는 것만 같았습니다.

눈꺼풀을 깜박이는 것으로 사람들에게 아주 간단한 의사만을 전달했던 보비는 언어 치료사를 만나고 나서야 자신의 감정을 분명하게 표현할 수 있게 되었습니다. 문자판을 보고 눈꺼풀을 깜박여 알파벳을 택하는 방법을 통해 그가 가장 먼저 한 말은, '죽고 싶다'였습니다. 아무 희망이 없을 것만 같은 나날들이 계속되었습니다.

그러나 절망 속에서도 보비는 할 일을 찾아냈습니다. 아버지가 선물한《몽테크리스토 백작》을 읽고 나서 책을 쓰기로 마음먹은 것입니다. 그는 곧바로 작업을 시작했고, 1년 3개월 동안 무려 20만 번이 넘도록 눈을 깜박여 원고를 완성했습니다. 그리고 그로부터 며칠 후, 43세의 나이로 세상을 떠나고 맙니다.

그가 남긴 글은《잠수복과 나비》라는 제목으로 출간되었습니다. 육체는 잠수복 안에 갇혀 있을지언정 영혼만큼은 나비처럼 훨훨 날아다닌다는 이야기는 전 세계 많은 사람들에게 감동을 주었습니다.

가고 싶은 길이 분명해도 선뜻 발을 내딛기 힘들 때가 있습니다. 가진 재능이 부족하거나 여건도 허락되지 않는 것 같아 망설이는 것입니다. '나에게는 왜 저런 재능이 없을까' 싶어 속상하고, '나는 왜 저 사람처럼 여건이 좋지 않을까' 싶어 억울하기도 합니다.

그러나 선 하나도 제대로 그리지 못했던 고토부키 시로, 눈꺼풀을 쉼 없이 깜박여야 겨우 한 줄의 글을 쓸 수 있었던 장 도미니크 보비에 비해 우리는 정말 큰 재능을 가졌고, 정말 좋은 여건 속에 있는 셈입니다. 고토부키와 달리 순식간에 여러 개의 선을 그릴 수 있으며, 보비가 문장 하나를 쓸 동안 몇 문단이고 써내려갈 수 있으니까요.

원하는 일이 있다면 선 하나부터 다시 그린다는 마음으로 시작하고, 눈꺼풀을 움직여 한 글자를 쓴다는 마음으로 계속하세요. 노력과 끈기는 재능과 여건을 넘어섭니다.

의지가 남아 있다면,
그에 따른 수단과 방법도 있기 마련입니다.

끝날 때까지는 끝난 것이 아닙니다.

포기는
끝이 아니다

해바라기, 노란 집, 아를의 침실, 별이 빛나는 밤, 자화상…….

네덜란드의 유명한 화가 반 고흐가 남긴 작품들의 제목입니다. 사람들에게 인정받지 못한 채 외로운 생활을 하다가 정신질환에 시달렸던 그는 결국 권총 자살로 생을 마감했습니다.

고흐의 그림은 틀에 얽매이지 않은 구도와 강렬한 색채, 꿈틀거리며 살아 움직이는 듯한 느낌으로 수많은 미술 애호가들의 눈을 사로잡습니다. 그러나 그가 살아 있는 동안 판매된 그림은 단 한 점이었습니다. 지금은 그림 한 점마다 수백 억에서 수천 억 원이라는 천문학적인 가격이 매겨져, 살아생전 그의 비참한 생애를 알고 있는 우리들의 마음을 더욱 쓸쓸하게 합니다.

고흐가 처음부터 화가로서 살고자 했던 것은 아닙니다. 어린 시절부터 종교에 심취해 있던 고흐의 꿈은 목사가 되는 것이었습니다. 그는 가족들이 만류했는데도 신학 공부를 위해 고향인 작은 시골마을을 떠나 암스테르담으로 갔습니다. 그러나 목사가 되는 길은 순조롭지 않았습니다. 집으로 돌아오라는 아버지의 닦달에 계속 시달려야 했습니다. 선교 활동을 하려고 떠난 탄광촌에서는 많은 사람들과 갈등을 빚었습니다. 그는 종교에 지나치게 빠져 있었고, 때문에 종종 미친 사람 취급을 받기도 했습니다. 간절히 원하던 목사의 꿈도 결국은 포기할 수밖에 없었습니다.

그 후 화가가 되기로 결심한 고흐는 동생 테오의 도움을 받으며 죽을 때까지 그림을 그립니다. 물감 살 돈이 없을 정도로 가난한 형편과 정성껏 그린 그림에 대한 사람들의 냉소, 끊임없이 일어나는 정신착란으로 괴로운 와중에도 고흐는 드로잉과 스케치까지 합해 총 2,000여 점의 작품을 남겼습니다. 수많은 화가들은 물론 현대까지 이어진 미술사에 있어 그가 끼친 영향은 말로 다 표현하기 어려울 정도입니다.

이번에는 또 다른 분야의 위인 간디의 이야기를 해볼까 합니다. 영국의 지배 아래 놓인 인도에서 자란 그는 제국주의에 맞서면서도 비폭력·불복종을 원칙으로 한 민족해방운동을 펼쳐 수많은 사람들에게 정의와 인권, 평화의 중요성을 각인시켰습니다. 인종이나 계층을 이유로 사람을 차별하는 법과 제도에 반대하여 고령의 나이까지 옥살이를 거듭했습니다. 인도가 독립한 후, 한 나라 안에서 반목을 거듭하는 힌두교인과 이슬람교인의 융화를 위해 힘쓰던 간디는 결국 이슬람과의 화합을 반대하는 힌두교 청년에 의해 세상을 떠나고 맙니다.

부당한 억압에 대한 저항과 민족의 독립을 위해 평생을 바쳤을 것 같지만, 사실 간디는 젊은 시절 변호사로 일했습니다. 그가 변호사의 길을 택한 이유는 안정된 수입과 좋은 대우 때문이었습니다. 그는 영국에 유학을 가 공부한 뒤 변호사 면허를 취득했습니다. 그러나 법정에 서기를 두려워할 만큼 겁이 많았고, 사건을 제대로 해결하지 못해 의뢰인이 드물 정도였습니다.

소송 사건 해결을 위한 남아프리카 방문은 이 소심한 변호사의 인생을 완전히 바꾸는 계기가 됩니다. 직업 덕분에 1등석 표를 구입했는데도 기차에 타자마자 유색인종이라는 이유로 3등석으로 쫓겨

나면서 그는 강한 문제의식을 느꼈고, 그곳에 사는 인도인과 흑인이 백인에게 온갖 멸시를 당하는 상황들을 목격한 뒤 직업을 버리기로 결심했습니다. 먼 타지에서 외롭게 공부하며 얻은 자격, 그나마 기득권을 가질 수 있게 해준 일을 포기한 것입니다.

그때부터 그는 모든 탄압에 맞서 싸우기 시작합니다. 법정에서는 소심하기만 했던 그가 용기 있게 앞장서서 다른 사람들을 이끌었습니다. 사람들이 그를 '위대한 정신'이라는 뜻의 '마하트마'로 칭하는 것처럼, 간디는 조국 인도뿐 아니라 전 세계인에게 존경받는 인물로 남았습니다.

우리는 항상 '꿈은 이루어진다!', '절대 포기하면 안 된다'라는 말을 듣습니다. 아무리 힘들어도 끝까지 포기하지 말고 단 하나의 꿈을 위해 나아가야 한다는 이야기를 진리처럼 신봉하며 이를 악물곤 합니다. 그러는 동안 스스로에게 꼭 던져야 하는 질문들을 건너뜁니다. 내가 이 일에 잘 맞는가, 그리고 이 일을 정말 원하는가를 간과하고 맙니다. 고흐는 신앙을 전하는 일보다는 그림을 그리는 일에 훨씬 더 커다란 재능을 지니고 있었습니다. 간디는 그저 돈과 명예 때문에 변호사가 되었습니다.

간절히 바라는 일이라고 해서 그것이 반드시 잘할 수 있는 일인 것은 아닙니다. 이루고자 했던 꿈이 사실은 진정한 소망이 아니라 다른 이득을 얻기 위한 목표일 뿐일 수도 있습니다. 그래서 막상 목표를 달성해도 행복해지지 않는 경우가 많습니다.

무작정 뛰라고 강요하는 사회 안에서 우리는 '포기'라는 말에 너무 겁먹고 있는 것인지 모릅니다. 지금 포기하면 모든 게 끝날 것만 같은 마음 때문에 지도도 살피지 않은 채 무작정 길을 걷고 있는 것입니다. 고흐가 목사의 꿈을 놓지 않고, 간디가 변호사라는 직업을 그만두지 않았다면 인류 역사에 위대한 작품들과 위대한 정신을 남기지도 못했을 것입니다.

포기하는 것을 부끄러워하지 마세요. 지금 바라보고 있는 꿈이 내가 잘해낼 수 있는 일, 정말 원하는 일인지 냉정하게 판단하고 그렇지 않다면 과감하게 떨쳐낼 필요가 있습니다.

두려워할 것 없습니다. '포기'가 곧 '끝'은 아니니까요.

포기는 또 다른 시작일 뿐입니다.

때로는 과감하고 빠른
포기가 필요합니다.

그만큼 새로운 시도로 넘어가는 단계도 빨라집니다.

엉킨 매듭을
푸는 법

사는 게 마음먹은 것처럼 되지 않을 때가 있습니다. 잘해보려고 하는데 예상치 못한 계기로 일이 꼬이고, 의도하지 않았던 실수로 인해 사람들과의 관계가 틀어집니다. 해결을 하려고 해도 때로는 어디서부터 풀어야 할지 모를 정도로 상황이 복잡하게 엉켜 있곤 합니다. 마치 고르디아스의 매듭처럼 말입니다.

고르디아스는 소아시아 중서부에 위치했던 고대 왕국 프리기아의 왕으로, 만지는 것마다 황금으로 변했다는 전설 속의 왕 미다스의 아버지이기도 합니다.

그리스신화에 따르면 고르디아스는 원래 농부였습니다. 당시 내란으로 인해 온 나라가 혼란스럽던 중 제사장이 신탁을 받았는데, 이륜마차를 타고 오는 첫 번째 사람이 나라를 구하고 왕이 되리라는 내용이었습니다. 그때 이륜마차를 타고 나타난 이가 바로 고르디아스였고, 그는 신탁에 의해 왕위에 오르게 됩니다.

고르디아스는 수도 고르디온을 세우고 프리기아 왕국을 통치하기 시작했습니다. 왕위에 오른 것을 기념하기 위해 자신이 타고 왔던 이륜마차는 신전 기둥에 단단히 묶어 두었는데, 그 후 이 매듭을 푸는 사람이 세상을 지배하게 될 것이라는 신탁이 전해졌습니다.

'고르디아스의 매듭'에 관한 이야기는 사방에 퍼졌고, 호기심 많은 젊은이부터 야심만만한 세도가까지 수많은 사람들이 연일 몰려들어 매듭을 풀기 위해 애썼습니다. 그러나 도전자만 많을 뿐, 단 한 사람도 성공하지는 못했습니다. 매듭이 워낙 복잡하게 꼬여 있던 터라 도저히 풀 수가 없었던 것입니다.

어느 날 전쟁을 치르기 위해 그곳을 지나던 알렉산드로스 대왕이 매듭에 관한 신탁을 듣게 됩니다. 그는 패기 넘치는 정복자답게 바로 매듭 풀기에 도전했습니다. 그런데 아무리 시도해도 매듭은 풀리기는커녕 오히려 점점 단단해지는 것 같았습니다. 마침내 그는 더 이상 참지 못하고 칼을 꺼내 매듭과 연결된 끈을 잘라버렸습니다.

방법이야 어찌 되었든 마차를 기둥에서 떼어내는 데 성공했기 때문일까요? 알렉산드로스 대왕은 신탁의 내용처럼 소아시아 전역의 땅을 차례로 정복하고 멀리 인도의 펀자브 지방까지 영토를 넓혔습니다. 후세의 사람들은 모두가 풀어내지 못해 낑낑대던 매듭을 칼로 내리쳐 잘라낸 그의 행동에 감탄했습니다. 그리고 '고르디아스의 매듭'은 복잡한 문제를 다른 방식으로 풀어내는 영민함, 과감한 행동력을 의미하게 되었습니다.

이야기는 여기에서 끝나지 않습니다. 알렉산드로스 대왕은 결국 세계 제국의 꿈을 이루지 못한 채 바빌론에서 눈을 감고 맙니다. 그가 젊은 나이로 세상을 떠난 후, 영원할 것만 같았던 그의 대제국은 금세 네 덩이로 나뉘었습니다. 칼에 잘려 조각난 매듭처럼 말입니다. 신화의 뒷이야기를 좋아하는 사람들은 만일 그가 매듭을 제대로 잘 풀어냈다면 그런 일은 일어나지 않았을지도 모른다고 말합니다.

눈앞에 놓인 문제를 빨리 판단하고 어떤 방식으로든 과감하게 해결하는 능력은 분명 칭찬할 만합니다. 그러나 다르게 생각하면 알렉산드로스 대왕은 과감했던 것이 아니라 경솔했을 수도 있습니다.

세상은 점점 복잡해지고 있습니다. 우리가 해야 할 일과 역할, 관계 맺는 사람의 수는 예전에 비해 훨씬 늘어났고, 그런 만큼 그에 얽힌 문제도 많아졌습니다. 꼬인 업무, 틀어진 관계, 원하는 대로 되지 않는 수없이 많은 일들이 고르디아스의 매듭처럼 우리를 답답하게 합니다.

어떤 사람들은 그 끈을 그냥 잘라버립니다. 어디서부터 풀어내야 할지 몰라서, 너무 어렵고 오래 걸리니까, 때로는 그런 노력이 그저 귀찮다는 이유로 말입니다.

'힘들면 관두지, 뭐.'

'별것도 아닌데 아쉬울 것 없어.'

'안 보면 그만이야.'

그렇게들 말합니다. 이제 사람들은 너무 쉽게 포기하고, 너무 쉽게 헤어지며, 너무 쉽게 돌아섭니다. 먼 길을 돌아가는 대신 지름길을 찾고, 요령이나 융통성을 강조합니다. 정해진 방식대로 행동하려는 사람은 고지식하다는 핀잔을 듣고, 가능성이 낮은 일에 끊임없이 매달리는 사람은 미련하다고 조롱받습니다.

살다 보면 복잡하게 얽힌 문제를 참 많이 맞닥뜨리게 됩니다. 어쩌면 엉킨 매듭을 풀며 살아가는 것이 우리의 삶인지도 모릅니다.

가끔은 잘라내버리는 게 더 나은 매듭이 있기도 하겠지요. 그러나 매번 그럴 수도 없는 일입니다. 그렇게 하면 문제가 해결되는 것 같지만, 사실 그 매듭은 풀린 것이 아니라 조각난 것뿐이니까요.

단단한 매듭을 푸느라 힘겨워하는 당신에게 말하고 싶습니다. 그것이 맞는 방법이고, 옳은 길이라고요. 시간이 조금 걸리더라도, 어쩌면 아주 오래 걸리는 일일지라도 쉽게 포기하지 마세요. 분명 매듭은 조금씩 느슨해질 것입니다.

o

꼬인 관계는 풀어야 합니다.
잘라내면 절교입니다.

5장

세상에
멋진 일은 없다
멋진 내가
있을 뿐이다

내가 있으므로 세상이 존재합니다.
나는 나를 믿기에 두렵지 않습니다.
나는 나의 기적입니다.

어느 스파이의
하루

딸기는 많은 사람들에게 사랑받는 음식입니다. 그 자체로 맛있을 뿐 아니라 음료와 잼, 케이크 등 다양한 음식의 재료로 사용되고 있지요. 자연 그대로의 것을 발견해 식용하게 된 대부분의 과일들과 달리 오늘날 우리가 즐기는 딸기는 사람이 직접 교배해 만들어낸 품종입니다. 2세기 전만 해도 사람들은 딸기를 먹지 않았습니다. 우리나라에 전해진 지는 고작 100년 정도 되었을 뿐입니다.

서구열강의 경쟁이 치열하던 18세기 초, 칠레의 어느 해안가에 매일매일 야생 딸기를 관찰하는 한 남자가 있었습니다. 그의 이름은 아메데 프랑수아 프레지어. 겉보기에는 영락없는 식물학자였지만, 그는 사실 프랑스 국왕 루이 14세의 명을 받고 파견된 군인이었습니다. 당시 스페인의 식민지였던 칠레에 머무르며 해안을 오가는 배의 움직임을 살피고 칠레 해안가 요새의 수와 병력 규모를 파악하는 등, 각종 군사정보를 수집하는 임무가 그에게 주어졌습니다. 한마디로 스페인의 움직임을 감시하고 견제하기 위한 프랑스의 스파이였던 것입니다.

프레지어는 야생 딸기의 생육에 관한 모든 사항을 수첩에 빽빽하게 기록했습니다. 야생 딸기 관찰기 안에는 각종 군사정보를 담은 암호가 섞여 있었습니다. 프랑스에 돌아간 뒤 루이 14세에게 후한 상금을 받았다고 하니, 얼마나 임무에 충실했는지 알 수 있습니다.

그런데 그다음에 이어지는 프레지어의 행보가 사뭇 엉뚱합니다. 그는 군에서의 임무를 마치자마자 책을 한 권 출간합니다. 칠레 해안에서 관찰했던 야생 딸기에 관한 각종 정보를 담은 내용이었습니다. 그저 신분을 숨기기 위해 했던 일이었지만, 이 스파이는 낯선 식물을 진지하게 관찰했던 것입니다.

책을 낸 뒤에 그는 야생 딸기 재배에 도전합니다. 빨갛고 탐스러운 열매를 관상용으로 즐기기 위해 칠레에서 가져온 종자를 프랑스 땅에 심었지만, 그의 기대와 달리 씨앗은 제대로 자라지 않았습니다. 토질과 기후의 차이 때문이라고 생각한 그는 유럽의 여러 식물학자들에게 도움을 청하기에 이릅니다.

결국 영국의 학자 필립 밀러가 칠레의 야생 딸기와 북미의 야생 딸기를 교배해 새로운 딸기 종자를 만들어냈습니다. 그로부터 50여 년간 품종 개량이 이어졌고, 19세기 초가 되어서야 비로소 사람들은 관상용이 아닌 식용 딸기를 재배하기 시작했습니다.

사실 프레지어의 임무는 딸기와는 아무런 상관이 없었습니다. 딸기 관찰은 그저 '하는 척'만 하면 되었던 일입니다. 그러나 그는 매일 접하는 식물에 대해 호기심을 가졌으며, 애정을 갖고 지켜보았습니다. 그렇게 했기 때문에 자신의 일과는 전혀 다른 분야임에도 불구하고 뜻깊은 결실을 맺을 수 있었습니다.

회사 업무를 비롯해 다양한 일을 하며 살아가는 우리 또한, 해야 하는 일과는 전혀 관계가 없는 무언가에 시간을 쏟아야 할 때가 있습니다. 그럴 때면 '왜 내가 하는 일과는 상관도 없는 이런 일에 시간을 낭비해야 하지?' 하는 불만이 생기기도 합니다. 그러나 반대로 생각하는 것도 가능합니다. '내가 몰랐던 분야이고 처음 하는 일이니까 이번 기회에 관심을 가져보자'라고 말입니다.

　때로 원하지 않는 일, 혹은 의도했던 것과 다른 일이 주어진다 해도 진지하게 임해보는 것은 어떨까요? 식용 딸기 재배에 결정적인 역할을 하게 된 프레지어처럼, 이전에는 전혀 예상하지 못했던 결과를 얻을 수도 있습니다. 원하지 않는 일을 하는 동안 대충 시간을 보낼 것이냐, 아니면 또 다른 무언가를 얻을 것이냐는 결국 자신의 마음가짐에 달려 있습니다.

자세히 보면
인생의 마당 한구석에

작은 시간의 텃밭이 있습니다.

그저 노래하기만을

무대 위에서 스포트라이트를 받는 사람은 항상 정해져 있습니다. 그들은 무대 위의 주인공으로, 화려한 조명과 관객의 시선을 모조리 차지합니다. 그 주인공이 스타 뮤지션이라면 그 주목도는 훨씬 높아질 것입니다. 마이클 잭슨, 스티비 원더, 스팅, 믹 재거 등 수많은 뮤지션들은 무대의 한가운데서 전 세계 음악팬들을 행복하게 해주었습니다. 그런데 스타들이 노래하는 동안 보이지 않는 곳에서 아름다운 음악을 완성하는 또 다른 사람들이 있습니다. 이름하여 백업 가수. 말 그대로 주인공의 등 뒤에서 노래를 부르는 가수들입니다.

백업 가수들이 서 있는 곳은 무대의 가장자리입니다. 빛이 잘 닿지 않는 공간이라 얼굴은 보이지 않지만, 그들은 목소리만으로 공연에 참여합니다.

2013년에 열린 선댄스 영화제에서 주목을 받은 뒤, 2014년 아카데미 시상식과 암스테르담 국제 다큐멘터리 영화제에서 상을 휩쓸어 화제가 된 〈스타로부터 스무 발자국〉은 유명한 스타 뒤에서 노래해온 백업 가수들의 이야기를 담은 다큐멘터리 영화입니다.

제목과 같이 백업 가수들은 스타로부터 겨우 스무 발자국 정도 떨어진 거리에 서 있습니다. 물리적으로는 가까운 거리이지만, 그 사이에는 세계적인 스타와 무명의 백업 가수라는 어마어마한 간격이 존재합니다. 그 차이는 수입 면에서도 분명하지요. 영화에 등장하는 달린 러브는 뛰어난 실력에도 불구하고 생계를 위해 한동안 청소부로 일했습니다. 다행인 것은 그녀가 2011년 로큰롤 명예의 전당에 헌액되는 영광을 얻으며 결국 주목을 받게 되었다는 사실입니다.

백업 가수 중에는 간혹 달린 러브처럼 명성을 얻는 사람도 있습니다. 스팅과 롤링스톤즈의 백업 가수로 일했던 리사 피셔는 솔로

활동에 성공해 그래미 어워드에서 보컬상을 받았고, 마이클 잭슨의 백업 가수 주디스 힐은 잭슨 추모 공연을 통해 이름을 알렸습니다.

그러나 이것이 영화에 등장하는 모든 백업 가수들의 이야기는 아닙니다. 그들 중에는 끝까지 솔로 활동을 하지 못한 사람도, 여전히 무명인 사람도 많으니까요. 끝까지 무대 가운데로 나오지 못하는 백업 가수들 또한 자신들이 보조하는 주인공에 버금갈 만큼 놀라운 실력을 자랑합니다. 그들과 오랜 시간 함께한 스타들까지도 인정하는 사실입니다. 많은 뮤지션들이 기꺼이 〈스타로부터 스무 발자국〉에 출연해 백업 가수들을 극찬하며 그들에게 경의를 표했습니다.

영화 속에서 리사 피셔는 이렇게 말합니다.

"유명해지기 위해서 뭐든지 하려는 사람들도 있지만, 그저 노래하기만을 원하는 사람들도 있어요."

〈스타로부터 스무 발자국〉이 끝내 유명해지지 못한 백업 가수들을 향한 안타까움, 실력만큼 대우받지 못하는 자들의 억울함을 이야기하는 영화라고 생각될지도 모릅니다. 결국 무대의 주인공이 되는 백업 가수들은 얼마 되지 않을 테니 말입니다.

좋아하는 일을 하는 것만으로 만족할 수도 있지만, 좋아하는 일로 성공까지 거머쥐게 된다면 분명 더욱 행복할 것입니다. 그러나 설령 주인공이 되지 못한다고 해도 노래하기를 원해서 평생 노래한 그들의 삶을 과연 실패했다고 단정할 수 있을지 의문입니다.

　오로지 '노래가 좋아서' 백업 가수를 하는 사람들도 있다는 리사 피셔의 말처럼 〈스타로부터 스무 발자국〉에 등장하는 많은 사람들은 묵묵히, 그러나 최선을 다해 노래합니다. 그림자로 머물지라도 자신의 일을 그저 그 자체로 사랑하는 것입니다.

　끝내 별이 되지 못한 그들의 이야기가 슬프기보다는 묵직한 감동으로 다가오는 것은 그런 이유일 것입니다. 이 영화가 우리에게 보여주려는 것 또한 성공 유무와 상관없이 열렬히 노래하는 백업 가수들의 변함없는 열정이 아닐까요?

인생이라는 무대에서
주인공은 단 한 명, 나뿐입니다.

공포로부터
탄생한 세계

　늑대의 젖을 먹고 자란 쌍둥이 형제 로물루스와 레무스는 로마 건국신화의 주인공입니다. 영국의 아서왕 전설은 가장 유명한 영웅 신화 중 하나이지요. 우리나라에도 대별왕과 소별왕이 등장하는 창세 신화가 존재하며, 단군과 박혁거세 등 여러 인물의 건국신화, 바리데기와 같은 구전신화까지 다양한 형태와 내용의 신화가 전해지고 있습니다. 이처럼 각 민족들은 저마다 고유한 신화를 가집니다.

　낫으로 아버지를 죽이고 스스로 왕위에 오른 인물이 있습니다. 그의 아버지는 숨을 거두기 전 자신을 살해한 아들을 향해 저주를

퍼부었습니다. "너 또한 나와 같이 자식에게 죽음을 당할 것이다!"라고. 두려워진 아들은 결국 자식이 태어나는 족족 먹어치우고 맙니다. 속수무책으로 아이들을 잃고 만 아내는 남편의 눈을 피해 몰래 아이를 낳았습니다. 이 아이는 어머니와 함께 아버지에게 몰래 약을 먹여 이전에 삼킨 형제들을 토해내게 했고, 다시 살아난 형제들과 함께 전쟁을 일으켜 결국 왕위를 차지했습니다.

이 이야기는 그리스의 세계 창조신화 중 한 부분입니다. 마지막에 왕위를 차지한 인물은 우리가 잘 아는 '신들의 신' 제우스이고요. 자기 자식을 먹어치운다니, 제우스의 아버지 크로노스의 모습이 참으로 잔인합니다. 비현실적인 존재에 대한 인간의 공포심과 끝없는 상상력이 결합한 까닭일까요? 신화 속에는 간혹 끔찍하다고 할 만한 장면들이 등장합니다.

그런데 시종일관 끔찍한, 공포 그 자체를 이야기하는 신화가 있습니다. 바로 크툴루(Cthulhu) 신화입니다.

크툴루 신화는 다른 신화들과 그 기원이 조금 다릅니다. 신화란 보통 고대로부터 전해져 내려오며 많은 사람들에 의해 다듬어지고 정리되는 특성이 있는 데 반해, 크툴루 신화는 현대의 작가가 창조해낸 완결된 이야기입니다.

크툴루 신화는 미국의 호러·판타지 소설가 하워드 러브크래프트에 의해 탄생했습니다. 크툴루 신화에 등장하는 가상의 신들은 우리가 흔히 떠올리는 신과는 전혀 딴판입니다. 그들은 우리가 전혀 알 수 없는 세상에서 온 존재로, 설명이 불가능한 모습에, 초자연적인 힘을 지녔습니다. 자신들의 피조물인 인간 혹은 선악의 개념에 관심도 없는 존재이지요. 그 신들을 실제로 보면 인간은 공포감에 미쳐버릴 정도라고 러브크래프트의 책에는 쓰여 있습니다.

우리나라에서는 상대적으로 널리 알려지지는 않았으나, 서양에서는 외계의 괴물 에일리언을 디자인한 H. R. 기거, 죽음의 화가라고 불리는 지슬라브 백신스키를 비롯해 많은 예술가들이 러브크래프트의 영향을 받았습니다. 〈이블 데드〉, 〈헬레이저〉, 〈이벤트 호라이즌〉, 〈캐빈 인 더 우즈〉 등의 영화에서 유명한 만화와 게임까지, 오늘날 우리가 향유하는 대중문화에는 크툴루 세계관으로부터 영감을 얻어 만들어진 작품이 셀 수 없이 많습니다.

앞서 나열한 작품에서 주인공들은 우연한 기회로 인해 불가해한 세계를 맞닥뜨리고, 무자비한 존재와 조우하며 끔찍한 일들을 겪습니다. 인간의 상식으로는 파악할 수도, 이해할 수도 없는 현상 앞에서 그들은 극심한 두려움에 빠지게 됩니다. 그러한 내용에는 '가장 오래되고 강력한 공포는 미지의 것에 대한 공포'라는 러브크래프트의 사상이 담겨 있습니다.

러브크래프트는 어린 시절부터 학교에 제대로 다니지 못할 정도로 허약했습니다. 아버지가 정신질환으로 입원한 뒤로는 어머니와 함께 외조부 밑에서 자랐는데, 그때부터 다양한 책을 읽으며 고대의 전설과 아랍권 문학에 관심을 가지게 되었습니다. 그러나 외조부가 사망한 후 그는 더욱 깊이 좌절합니다. 어머니까지 정신병원에 들어가고 자신도 신경쇠약을 겪는 등 그의 인생은 어둡기만 했습니다.

잠을 잘 이루지 못하고 자주 악몽에 시달렸던 그가 인간의 공포심에 대해 관심을 가지게 된 것은 어쩌면 당연한 결과였습니다. 그의 작품 속에 등장하는 무력한 사람들은 병약한 심신으로 살아가는 작가 자신의 모습을 반영한 것이기도 합니다. 그는 깊은 바다나 외계, 다른 차원과 같은 미지의 세계에 특히 두려움을 느꼈고, 그 두려움은 밤마다 표현할 수 없는 기괴한 형상이 되어 그의 꿈에 나타났습니다.

러브크래프트는 꿈속에서 만난 무시무시한 세계를 놀라운 상상력과 필력으로 표현해냈습니다. 채 50년도 안 되는 짧은 생애 동안 수많은 책을 집필했고, 신이나 악마, 유령, 뱀파이어와는 전혀 다른 존재들을 창조하며 '코스믹 호러(cosmic horror)'라는 새로운 장르를 개척했습니다.

러브크래프트가 두려움을 극복하는 데 성공했는지는 누구도 모릅니다. 그러나 그것을 시도하는 과정에서 대중 문화예술의 역사에 길이 남을 업적을 이루었다는 사실만큼은 분명합니다.

모든 사람의 마음속에는 어두운 면과 약점 그리고 원인을 알 수 없는 공포가 내재되어 있습니다. 보통의 사람들은 그것과 마주하길 꺼려합니다. 대개는 회피하려 하지요. 그러나 자신을 두렵게 하는 것, 혹은 힘들게 하는 일을 외면하지 않고 있는 그대로 대면할 때, 우리는 그 원인을 해결하거나 해소하는 길을 찾을 수 있습니다. 때로는 전혀 생각하지 못했던 새로운 방법으로 말입니다.

오늘이 이렇게 고통스러운 것은,
내가 만들어가는 신화의 절정부이기 때문입니다.

람보르기니의
편지

스웨덴 예테보리대학 연구팀의 자료에 의하면 직장인들은 일주일 중 일요일에 가장 우울하다고 합니다. 주말 동안 쉬었다가 다시 출근을 해야 하니 휴식과 노동의 격차로 인한 압박감이 다른 날보다 더욱 크게 느껴지는 탓입니다. 아침마다 악몽을 꾸거나 기상이변을 바라는 정도는 아니더라도, 일을 하는 사람이라면 대부분 일터에 나가기 싫다는 생각을 한 적이 있을 것입니다.

각종 설문조사 기관과 취업 관련 사이트에서 직장인들을 상대로 회사에 가기 싫은 이유, 또는 그만두고 싶은 이유에 대해 조사하면 항상 '인간관계 문제'가 1위를 차지합니다. 사람 때문에 회사가 싫다는 뜻입니다. 일터에서 짜증이 나는 원인에 대해서도 '일이 많아서'나 '일을 하기 싫어서'가 아니라 '함께 일하는 사람이 싫어서'라고 대답하는 숫자가 많다고 하니, 확실히 일 자체보다는 사람으로 인한 스트레스가 더욱 큰 것인가 봅니다.

'출근은 일찍, 퇴근은 늦게'를 외치는 경영자, 부하직원의 공을 가로채는 인터셉트형 상사, 자기 잇속만 챙기는 알미운 동료 등 보기 싫은 사람의 유형도 다양한데, 특히 직장인들에게 상처가 되는 것은 그런 사람들의 '말'입니다. 모욕적인 언사, 근거 없는 소문, 은근히 비꼬는 말투, 공격적인 어조, 책임을 회피하는 말⋯⋯. 이런 나쁜 말들은 하루의 기분을 망치기도 하고, 때로는 깊은 좌절감을 불러옵니다.

람보르기니는 기종에 따라 수억은 물론 수십 억을 호가하는 고급 자동차를 생산하는 회사입니다. 아벤타도르, 무르시엘라고 등 람보르기니의 차들은 독특하고도 멋스러운 디자인과 빠른 스피드로 자동차 마니아들에게 큰 사랑을 받고 있습니다. 람보르기니의 설립자 페루치오 람보르기니는 원래 '람보르기니 트라토리'라는 회사를 만들어 농업용 트랙터를 생산했던 사람입니다. 트랙터는 잘 팔려나 갔고, 그는 농기계를 비롯한 각종 가전제품을 판매하며 사업을 확장 했습니다.

페루치오가 트랙터 생산으로 돈을 벌어들일 당시 이탈리아 최 고의 자동차 회사는 페라리였습니다. 뛰어난 레 이서로 이름을 날리던 엔초 페라리는 경주용 차 를 직접 만들고자 회사를 세웠는데, 그 결과물 이 다름아닌 페라리 시리즈입니다. 지금도 많 은 남성들의 로망이라 할 수 있는 차이지요.

벤츠와 마세라티 같은 고급 자동차를 수집했던 페루치오 람보르기니 또한 페라리를 몇 대나 보유하고 있을 정도로 페라리 광이었습니다. 페라리는 고급 슈퍼카였지만, 사실 출시 직후부터 클러치를 비롯해 크고 작은 문제가 있다는 평을 들었습니다. 차를 워낙 좋아하는 데다 관련 업종에 종사하는 입장이기도 했던 페루치오는 자신이 페라리를 몰며 느꼈던 몇 가지 문제점과 그에 대한 의견을 편지에 꼼꼼히 적어 엔초에게 보냈습니다. 팬으로서의 애정을 담은 편지였습니다. 그는 문제점의 정도나 개선 방안에 대해 페라리와 친근하고 의미 있는 토론을 하기를 원했습니다.

그러나 엔초 페라리의 반응은 예상과 달랐습니다. 그는 페루치오의 편지를 주의 깊게 읽지 않았습니다. 자신이 만든 자동차에 대한 자부심을 넘어선 거만함을 드러내며 "트랙터나 만드는 주제에 뭘 안다는 거야?" 하고는 무시해버렸습니다.

이 일은 페루치오에게 상처가 되었지만, 동시에 오기를 불러일으키기도 했습니다. 그는 그동안 상상만 해왔던 자동차 생산의 꿈을 실현하기로 결심합니다. 자신 또한 페라리만큼 멋진 차를 만들 수 있다는 사실을 엔초 페라리와 그 밖의 모든 사람들에게 보여주고 싶었기 때문입니다.

1963년, 람보르기니는 스포츠카 생산업체로 새롭게 출발했고, 같은 해 첫 모델이 출시됩니다. 그 뒤로는 잘 알려진 것처럼 전 세계의 수많은 사람들이 꿈꾸는 자동차를 만드는 회사가 되었습니다. 지금까지도 람보르기니는 페라리의 경쟁 브랜드로 당당히 자리매김하고 있습니다.

살아가며 언제나 좋은 말만 들을 수는 없습니다. 애정이나 신뢰가 아닌, 단순히 업무를 이유로 다른 사람과 관계를 맺는 집단 안에서는 더욱 그렇습니다.

좋지 않은 말을 들으면 누구나 기분이 나빠지지만, 그렇다고 같은 식으로 응하는 것도 좋은 방법은 아닙니다. '혀 밑에 도끼'라는 옛말처럼, 남을 해치는 말은 다시 자기 자신에게 돌아오는 법이니까요. 결국 두 사람 모두에게 손해가 될 뿐입니다.

페루치오 람보르기니의 방법은 어떨까요? 그는 다른 사람의 못된 말조차 자신을 발전시키는 원료로 삼았습니다. 그런 사람에게 있어 주변의 말은 스트레스의 원인이 아니라 스스로를 다잡는 계기, 꿈을 향해 열정을 불태우는 밑바탕이 됩니다.

오물을 거름 삼아 자라나는 나무처럼, 악담도 성장의 양분으로 삼아보세요. 그것이 진정 '나'를 위한 길입니다.

●

마음의 힘은 강합니다.
이왕이면 그 방향을 원하는 쪽으로 돌리세요.

내 머릿속의
기 생 생 물

'시모토아 엑시구아'라는 생물이 있습니다. 미국에서 최초로 발견된 이후 영국과 호주, 아시아는 물론 최근에는 한국에서도 종종 이 생물을 볼 수 있다고 합니다. 엑시구아는 '기생성 등각류'에 속합니다. 숙주 없이는 살아갈 수 없는 기생생물이라는 뜻이지요.

엑시구아의 숙주는 도미 같은 물고기입니다. 유충 상태의 엑시구아는 물속을 떠다니다가 물고기의 아가미 속으로 들어가 혀 밑 부분에 자리를 잡습니다. 그런데 그 공생의 메커니즘이 참 독특합니다. 엑시구아는 몸통 양쪽에 빽빽하게 붙어 있는 다리로 물고기의 혀를 꽉 붙잡습니다. 끈으로 손가락을 꽉 묶으면 손가락 끝으로 피가 잘 통하지 않듯, 물고기의 혀도 똑같은 상태가 됩니다. 기생생물은 조금씩 더 세게 숙주의 혀를 압박합니다. 피가 잘 돌지 않으니 물고기의 혀는 자연히 감각이 둔해지고, 점점 말라가다가 결국 괴사하고 맙니다. 그다음부터는 엑시구아가 죽은 혀의 뿌리근육에 달라붙어 그 역할을 대신합니다. 마치 물고기의 혀가 된 것처럼 그 자리에서 물고기가 삼키는 음식의 일부를 섭취하며 평생 함께하는 것입니다. 물고기는 그 사실도 모른 채 살아갑니다.

기능적인 면에서 숙주의 기관을 대체하는 기생생물의 존재는 이전까지 보고된 적이 없습니다. 2005년 엑시구아가 처음 발견되었을 때 학계에서 큰 관심을 보인 것은 당연한 일이겠지요.

연구 결과에 따르면, 신기하게도 숙주인 물고기는 그다지 고통을 받지 않는 것으로 알려져 있습니다. 그뿐 아니라 엑시구아와 신경이 연결되어, 혀가 없는데도 먹이의 맛을 느낄 수 있다고 합니다. 그러니 엑시구아 입장에서는 자신이 기생한다 해도 숙주에게 그리 나쁠 것은 없지 않느냐고 항변할지도 모르는 일입니다.

실제로 물고기 입장에서는 크게 불편한 것이 없어 보입니다. 사는 데 딱히 지장이 없으니 기생생물의 존재쯤이야 별 문제가 되지 않을지도 모릅니다. 그러나 자기도 모르게 혀를 잃었는데 과연 아무런 피해도 없다고 말할 수 있을까요?

엑시구아와 그 숙주의 이야기는 오늘날 우리의 모습을 떠올리게 합니다. 텔레비전과 신문, 인터넷 등 각종 매체는 막대한 양의 정보를 쉬지 않고 쏟아냅니다. 자신들이 원하는 바를 사람들의 머릿속에 주입하기 위해 호시탐탐 기회를 노리는 집단들도 부지기수입니다.

우리는 점점 스스로 생각하는 법을 잊어버립니다. 다른 사람들의 의견을 내 의견인 것처럼, 주변에서 심어준 생각을 마치 내가 생각해낸 것처럼 말합니다. 심지어 그 사실을 인식하지 못하는 경우도 많습니다. 정말로 그것이 자신의 생각이라 믿고 있는 것입니다.

모두의 생각은 비슷해지고, 그 생각들은 세상의 기준이 되어버립니다. 사회생활 몇 년차면 적어도 이런 자가용을 타는 게 정상이고, 혼수를 이만큼 하면 예물도 그만큼 받아야 하고, 큰 회사가 아니면 가지 않는 게 낫고, 베푸는 건 가진 사람들이나 하는 일이고, 남들이 하는 일은 이왕이면 다 해봐야 하고…….

대부분은 그것이 옳고 그른지 따지지 않습니다. 내게 정말 필요한 것인지, 내가 정말 하고 싶은 일인지 묻기도 전에 '다들 그렇게 하니까'라며 따라 사고, 따라 합니다. 타인의 시선과 사회의 관습이 그것을 부추깁니다.

"왜 꼭 그래야 돼?" 하고 묻는 사람들은 별나거나 모난 사람 취급을 받습니다. 처음에는 그러지 않았던 사람들도 어느덧 세상이 말하는 대로 생각하고 있는 자기 자신의 모습을 발견하게 됩니다. 남들보다 못한 걸 가지면 부끄럽고, 다들 받는 만큼 챙기지 않으면 손해를 보는 것 같아 억울합니다.

사실 세상 돌아가는 대로, 남들 하는 대로 맞춰 사는 것이 오히려 더 편하기도 합니다. 특별히 손해 보는 일도 없는 것 같고요. 이것이야말로 무서운 점입니다. 당장 드러나는 피해가 없으니 굳이 '나'의 진짜 생각을 알고자 애쓰지 않기 때문입니다. 이미 사고의 힘을 빼앗겼는데, 되찾아야 할 이유나 필요성을 느낄 기회조차 없는 것입니다.

많은 사람들은 여전히 머릿속 엑시구아의 존재를 알지 못합니다. '내 생각이 아닌 생각'을 가지고 오늘도 무심히 하루를 보낼 뿐입니다. 한번쯤 생각해볼 일입니다. 내가 믿는 것, 내가 원하는 것들이 정말로 내가 믿는 것이며 내가 원하는 것들인지, 나는 과연 진짜 '나'로 살고 있는지 말입니다.

세상 돌아가는 이치도 잘 알고,
적응도 잘해서 순탄하게 살고 있습니까?

그런데 나 스스로 그러길 원했었나요?

뉴턴 곁에
핼리가 없었다면

    사과, 과학자. 이 두 단어를 들으면 누구나 대번에 뉴턴을 떠올립니다. 천재 물리학자이자 천문학자, 수학자였던 그는 나무에서 떨어지는 사과를 보고 만유인력을 생각해냈다고 합니다. 이 이야기가 진짜인지에 관해서는 의견이 분분하지만, 그가 중력과 만유인력, 행성의 운동 등 수많은 자연법칙을 수학적으로 풀어내 근대과학에 엄청난 업적을 남겼다는 사실은 누구도 부인할 수 없을 것입니다.

    물체와 행성의 운동에 관한 그의 연구는 1687년 '자연철학의 수학적 원리'라는 긴 원제를 지닌 세 권의 책《프린키피아(Principia)》로 세상에 알려졌습니다. 《프린키피아》의 출간은 과학 역사에 있어 기념비적인 사건입니다. 뉴턴은 저서에서 관성과 가속도, 작용 반작용 법칙을 정립하고 케플러의 법칙을 증명했으며, 누구도 설명하지 못했던 행성의 타원궤도 문제를 풀어냈습니다. 그의 이론은 300년이 넘은 지금도 인류에게 큰 영향을 끼치고 있습니다.

그토록 중요한 책인데도 《프린키피아》는 하마터면 세상에 나오지 못할 뻔했습니다. 광학에 대한 논문 탓에 선배 과학자 로버트 후크와 사이가 틀어진 뉴턴이 더 이상 연구 결과를 공개하지 않으려 했기 때문입니다. 자존심이 센 데다 자기 의견을 굽힐 줄 몰랐던 그에게 다른 학자들의 비판은 견디기 힘든 것이었습니다. 누군가 자신의 논문을 도용할지 모른다는 불안감도 점점 심해졌습니다. 과학계를 놀라게 할 만한 성과들은 그의 책상 서랍 속에 갇혀 빛을 보게 될 날만을 기다리고 있었습니다.

그러던 어느 날, 천문학자 에드먼드 핼리가 뉴턴의 집을 찾았습니다. 당시 그는 한 가지 문제로 골머리를 앓던 중이었습니다. '중력의 역제곱 법칙으로 인해 행성의 공전궤도가 타원이 된다'라는 사실을 증명해내는 데 번번이 실패했고, 같은 문제에 매달린 과학자가 주위에 여럿 있었으나 누구도 성공하지 못했습니다. 결국 뉴턴을 만나 자문을 구하기로 결심한 것입니다.

"그것에 관해서라면, 이미 예전에 계산을 끝냈네."

뉴턴은 핼리에게 너무도 태연하게 대답했습니다. 자신의 성과를 대수롭지 않게 생각하는 것은 물론, 발표할 마음도 없었습니다. 그 일이 얼마나 대단한지 알고 있던 핼리만이 안타까운 마음에 발을 동동 굴렀습니다.

핼리는 뉴턴에게 책을 쓰라고 강력하게 권유했고, 직접 원고를 교정하는 등 오히려 저자보다 적극적인 태도로 출간 작업을 도왔습니다. 학회의 이름으로 책을 출간하고 비용도 지원하겠다고 약속했던 왕립학회가 재정상의 어려움을 이유로 돌아서자, 자신의 주머니를 털어 인쇄비를 내놓았습니다. 그렇게까지 한 까닭은 단 하나, 과학의 발전을 위해서였습니다. 그는 많은 사람들이 지식의 혜택을 받기를 바랐습니다.

핼리는 뉴턴만큼 대단한 천재는 아니었습니다. 그러나 학문에 대한 열정과 부단한 노력으로 많은 것을 탐구했습니다. 가장 잘 알려진 업적은 혜성 주기의 발견입니다. 그는 역사에 기록된 혜성의 일부가 같은 것이라 보았고, 그 규칙에 따라 1758년에 다시 혜성이 나타나리라 예측했습니다. 자연현상을 종교적인 의미로 해석하는 데 익숙한 시대였던 만큼, 대개 비웃음만이 돌아왔습니다. 그러나 1758년, 정확히 핼리가 예고했던 해에 혜성이 나타났습니다. 그가 이미 세상을 떠난 후였습니다. 사람들은 그 혜성에 핼리라는 이름을 붙였습니다. 지금도 핼리혜성은 75년을 주기로 나타나 때마다 많은 관심을 받고 있습니다.

우리는 뉴턴과 같은 천재에게 주목합니다. 그러나 세상에는 핼리와 같은 사람 그리고 그보다 더 주목을 받지 못하는 사람들의 숫자가 월등히 많습니다. 인류가 예전보다 더욱 편리한 세상에서 살수 있게 된 것은 일부 천재뿐 아니라 그보다 훨씬 더 많은 사람들의 노력이 있었기 때문입니다. 핼리에게는 뉴턴의 연구가 얼마나 대단한지 알아볼 수 있는 눈이 있었으며, 그것을 세상에 알려 과학의 발전을 돕겠다는 열정도 대단했습니다. 덕분에 《프린키피아》는 제때 빛을 보았습니다. 과학사에 지대한 공헌을 한 셈입니다.

세상의 관심을 받거나 사람들에게 칭송받는 주인공이 되지 못한다고 해서 실망할 필요는 없습니다. 커다란 톱니바퀴 하나만으로는 시계를 만들 수 없습니다. 여러 개의 톱니바퀴가 맞물려 돌아가야 시곗바늘이 움직이듯, 크고 작은 역할을 맡은 다양한 사람이 존재하기에 세상은 발전합니다.

자신의 자리를 하찮게 여기지 마세요. 톱니바퀴의 크기는 중요하지 않습니다. 자신의 위치에서 얼마나 잘 돌아가느냐가 더 중요합니다. 꾸준히 잘 돌아가기만 한다면!

영웅에게도 자신만의 영웅이 있기 마련입니다.
그들을 위대한 조력자라 부르기도 합니다.

열 정 의   힘

2013년 4월, 로저 에버트의 사망 소식이 전해졌습니다. 미국 안 팎의 주요 매체에서 그에 관한 기사를 다루었고, 영화인을 포함한 수많은 사람들이 깊은 애도를 표했습니다.

로저 에버트는 영화 평론으로 퓰리처상을 수상한 최초의 인물이 자, 세계에서 가장 유명한 영화 평론가였습니다. 그에 대해 인색한 평가를 내리는 사람일지라도 영화 평론계의 발전에 그가 미친 영향 은 결코 부정할 수 없을 것입니다.

로저 에버트가 유명해진 계기는 1986년 작은 지역방송국에서

방영한 〈엣 더 무비스〉라는 영화 평론 프로그램입니다. 또 다른 영화 평론가 진 시스켈과 에버트 콤비는 진행자이자 출연자로 금세 인기를 끌었고, 공영방송사인 PBS에서 해당 프로그램을 〈시스켈 앤드 에버트〉라는 제목으로 편성하며 미국 전역에 알려지기 시작했습니다.

두 평론가는 전문가이자 라이벌로서 각종 영화들에 대해 때로는 비슷하고 때로는 다른 의견을 내며 재미있게 토론을 이끌어 갔습니다. 소개한 영화에 대해서는 각자 엄지손가락을 치켜드는 '섬 업(thumb up)' 동작을 통해 의견을 드러냈는데, 섬 업이나 '섬 다운(thumb down)'으로 영화를 평가하는 방식은 이때부터 시작됐습니다. 지금도 훌륭한 영화에 관한 리뷰에는 '투 섬스 업(two thumbs up)'이라는 표현을 쓰곤 하지요.

그들의 손가락에 영화감독들이 울고 웃던 때도 있었다면 그 존재감을 설명할 수 있을까요? 두 사람은 분명 배우 못지않은 스타였습니다. 작고 통통한 로저와 크고 마른 진의 조합을 패러디한 캐릭터가 영화나 만화에 수시로 등장할 정도였으니까요.

사실 그 전까지만 해도 영화 평론가라는 직업은 대중의 관심 밖이었습니다. 영화 평론이라는 분야에 대한 인식도 낮았습니다. 문학이나 음악 평론과 달리 영화 평론이란, 영화를 보고 나서 늘어놓는 감상 정도로 취급하는 사람이 많았습니다.

로저 에버트와 진 시스켈은 이러한 생각을 바꿔놓았습니다. 그들로 인해 다른 많은 사람들도 영화에 대한 의견을 개진하고 토론하는 것을 즐기게 되었으며, 영화 평론 또한 예술 평론의 한 장르로서 자리를 잡았습니다. 더불어 평론가의 위상도 높아졌고요.

1999년 진 시스켈이 뇌종양으로 인해 세상을 떠나면서 영원할 것만 같았던 2인조는 헤어지게 되었습니다. 그를 대신한 다른 파트너들과 계속해서 프로그램을 진행했던 로저 에버트도 암 선고를 받고 말았습니다. 2006년에는 치료를 위해 아래턱뼈를 제거했고, 음식을 씹지도, 말을 할 수도 없게 되었습니다.

그런 상황에서도 꾸준히 글을 쓰고 책을 펴내는 등 일을 멈추지 않던 그는 결국 대중들 앞에 다시 섭니다. 뼈가 없어 아래턱이 축 늘어진 모습도 그에게는 창피한 것이 아니었습니다. 일을 할 수 있다는 사실이 그저 행복했기 때문입니다.

로저 에버트는 2012년 한 해 동안 무려 500여 편의 영화를 보고 300여 편의 평론을 남겼습니다. 편치 않은 몸임에도 불구하고 거의 매일같이 영화를 보고 글을 쓴 셈입니다. 그뿐만이 아닙니다.

블로그 운영은 물론 트위터를 통해 엄청나게 많은 사람들과 의견을 주고받는 등 소통도 게을리하지 않았습니다.

그는 평생 그래왔습니다. 영화에 대해 말하고, 듣고, 쓰면서 사람들이 영화를 더 재미있고 깊이 있게 즐기는 데 도움이 되고자 애썼습니다. 그럴 수 있었던 이유는 단 하나, 오로지 영화에 대한 열정이었습니다.

남들이 크게 중요하지 않다고 생각하는 일에 에너지를 쏟는 사람들이 있습니다. 때로는 소수의 열정이 다수의 생각을 바꾸고, 나아가 세상을 바꾸는 동력이 되기도 합니다. 그것이 바로 열정의 힘입니다.

2013년 4월 3일, 로저 에버트는 자신의 블로그에 '암 재발로 인한 치료 때문에 잠시 활동을 접지만 엄선된 작품에 대해서는 평론을 계속 하겠다'라며 '영화를 통해 만나자'는 인사를 남겼습니다. 그러나 그렇게 말한 다음 날 세상을 떠나게 됩니다.

미국의 오바마 대통령은 다음과 같은 말로 그를 추모했습니다.

"에버트는 영화 그 자체였다. 에버트가 없는 영화계는 결코 전과 같을 수 없을 것이다."

세상을 뜨기 전날까지도 질병에 굴하지 않고 일에 대한 의지를 불태운 로저 에버트. 영화를 향한 열정으로 가득 찬 그의 삶은 그 어떤 훌륭한 영화보다도 큰 감동을 줍니다.

열정을 가진 사람들의 공통점은
진정으로 하고 싶은 일을 찾았다는 것입니다.

술 잔 안 의 뱀

어린 시절, 빨리 어른이 되었으면 좋겠다고 생각한 적이 있나요? 텔레비전도 마음대로 보고, 먹고 싶은 것도 마음껏 사 먹고, 공부하라고 잔소리하는 사람도 없을 테니 얼른 자랐으면 좋겠다고, 아이들은 생각합니다. 그런데 막상 어른이 되고 나면 다시 어린 시절로 돌아가고만 싶습니다. 일요일 저녁만 되면 울적해지는 회사원, 주말도 없이 일하며 매출을 걱정하는 자영업자, 불규칙한 생활과 불안정한 수입에 시달리는 프리랜서……. 어떤 직업을 갖든 사는 일은 고민의 연속이지요.

나이를 먹으면 어릴 때보다 더 현명해지고 어떤 상황이 되어도 잘 대처할 수 있을 줄 알았는데, 살아갈수록 어려운 일투성이입니다. 사회생활, 인간 관계, 미래 설계 등 신경 쓸 부분은 점점 많아지고, 그에 따라 걱정도 늘어만 갑니다. 마치 나이와 비례하는 듯이요.

우리는 점점 더 다양한 근심 걱정으로 머릿속을 가득 채웁니다. 밤이 되어도 잠 못 드는 이들이 많고, 불면증과 함께 우울증은 흔한 병이 되었습니다. 너도 나도 스트레스에 묻혀 살아갑니다.

중국 후한 말, 하남성에 응소(應劭)라는 학자가 있었습니다. 그는 영제(靈帝) 때 태산태수(泰山太守)라는 직책을 지냈고, 다양한 저서를 집필했다고 합니다. 현재까지 남아 있는 저서 중 하나인 《진서(晉書)》의 〈악광전(樂廣傳)〉에는 주인공 악광이 겪은 일화가 나옵니다.

하남성의 급현이라는 곳에서 장관직을 맡고 있던 악광에게 어느 날 정부의 문서와 부적 등을 맡아보는 두선(杜宣)이라는 자가 문안을 옵니다. 그리하여 둘은 함께 술을 한잔 마시게 되었습니다. 그런데 술잔을 입에 가져가던 두선은 흠칫 놀랐습니다. 잔 안에 작은 뱀이 들어 있었던 것입니다. 두선은 그다지 달갑지 않았으나 악광 앞에서 싫은 내색을 할 수 없어 억지로 그 술을 마셨습니다.

문제는 그다음이었습니다. 집으로 돌아간 두선이 가슴과 배의 통증을 호소하더니 이윽고 병세가 악화되어 드러누운 것입니다. 그는 아무것도 먹지 못하고 끙끙 앓기만 했습니다. 용한 의원에게 보여도, 좋다는 약을 써도 도무지 나아질 기미가 보이지 않았습니다.

소식을 들은 악광은 병문안을 가서 두선을 만났습니다.

"도대체 이게 무슨 일인가? 지난번에 만났을 때는 아무렇지도 않던 사람이 난데없이 중병이라니!"

까닭을 묻는 악광에게 두선은 어렵게 말을 꺼냈습니다.

"실은 아무래도 뱀 때문에 이런 것이 아닌가 합니다. 그때 마셨던 술이……."

두선의 말을 듣고 있던 악광은 영문을 알 수 없었으나 다른 이야기는 하지 않고 집으로 돌아와 이전에 두선과 술자리를 했던 방으로 갔습니다. 찬찬히 방 안을 둘러보던 그의 눈에 한쪽 벽에 걸린 활이 눈에 들어왔습니다. 어찌된 일인지 깨달은 악광은 아랫사람에게 두선을 조심히 모셔 오라 이르고는 전처럼 술잔을 앞에 둔 채 앉았습니다.

"술잔 안에 뱀이 있는 것이 아닐세. 벽에 걸린 활의 그림자가 술에 비친 것일 뿐이니 걱정하지 않아도 되네."

그 후 두선은 아무 일 없었다는 듯 자리에서 일어났습니다. 자기가 마신 술이 아무렇지 않음을 알고 나니 거짓말처럼 병이 나았던 것입니다. 이 이야기에서 나온 고사성어가 바로 배중사영(杯中蛇影)입니다. 아무것도 아닌 일에 지나치게 근심하는 경우를 뜻하는 말이지요.

걱정했던 일이 예상외로 쉽게 풀린 경험은 누구에게나 있을 것입니다. 병을 만드는 것은, 문제 자체가 아니라 그것을 생각하는 마음가짐일 수도 있습니다. 지나친 근심은 문제 해결에 도움이 되기는커녕 오히려 삶 전체를 힘들게 합니다.

자기관리 관련 저서들로 유명한 작가이자 강사 데일 카네기는 '우리가 하고 있는 걱정은 이미 과거가 되어 되돌릴 수 없거나, 아직 오지 않은 미래의 상황에 기인한 것이 대부분'이라고 말합니다. 즉 걱정한다고 해서 상황이 달라지지는 않는다는 뜻입니다. 대신 걱정의 원인을 알아보고, 그 원인을 없앨 수 있는지 판단한 뒤, 방법을 찾는 노력이 필요하다는 게 그의 설명입니다.

지금 무언가로 인해 걱정하고 있다면, 그 걱정이 정말로 존재하는 문제 때문인지 한번 생각해봅시다. 알고 보면 술잔에 비친 뱀의

그림자처럼 아무것도 아닌 일인지 모릅니다. 혹은 그저 받아들여야 할 과거의 일이거나 다른 방식으로 극복할 수 있는 미래의 일일 수도 있습니다.

쓸모없는 걱정이 분명하다면 얼른 떨쳐버리세요. 걱정을 덜어내는 만큼 마음은 가벼워집니다. 그렇게 가벼워진 만큼 더 나은 상황을 만들 힘과 시간을 갖게 될 것입니다.

o

격정은

일어나지 않은 일을 두고
내가 나를 협박하는 방법입니다.

6장

흐르던 물은
가장 낮은 곳에서
멈춘다

하나의 물방울이라도 흘러야 모입니다.
물방울이 모여 바다가 됩니다.
작은 우리는 나눔으로써 더 커집니다.

1902년 5월 8일 아침, 프랑스령 마르티니크 섬의 도시 생 피에르에 죽음의 그림자가 드리웠습니다. 시내의 모습은 여느 날과 다를 바 없었습니다. 사람들은 잠시 후 일어날 일은 전혀 예상하지 못한 채 하루를 시작하느라 분주했습니다.

카리브 해의 아름다운 도시가 지옥으로 변한 것은 순식간이었습니다. 그곳으로부터 8킬로미터 떨어진 곳에 위치한 펠레 화산이 폭발하면서 뜨거운 용암이 도시를 뒤덮은 것입니다. 독한 연기와 함께 1천 도에 달하는 암석과 화산재가 한데 섞여 시속 100킬로미터가 넘는 속도로 흐르며 모든 것을 녹여버렸습니다. 사람들은 비명조차 제대로 지르지 못한 채 죽음을 맞았습니다. 몇 분 만에 도시는 폐허로 변했습니다. 3만여 명의 시민 중 생존자는 단 두 명. 그해 마르티니크에서 일어난 그 사건은 사상 최악의 재해로 기록됩니다.

사실 펠레 화산의 폭발이 전혀 예측 불가능했던 것은 아닙니다. 실제로 여러 지질학자들은 폭발이 일어나기 몇 년 전부터 그러한 일이 있으리라 경고했습니다. 이미 1792년과 1851년 두 차례 폭발한 적이 있는 산이며, 여러 조짐으로 보아 곧 다음 차례가 올 것이라는 설명이었습니다. 실제로 산 주위로 조금씩 가스가 새어 나오고 유황 냄새가 진동하는 등 그들의 주장을 뒷받침할 만한 증거가 많았습니다.

문제는 당시 마르티니크의 주지사였던 루이 무테였습니다. 재앙이 코앞으로 다가왔다며 시민들을 대피시켜야 한다고 강조하는 지질학자들은 그에게 있어 눈엣가시 같은 존재였습니다. 화산이 어떻게 되든 상관없이 그의 관심사는 오직 1902년에 있는 주지사 선거였습니다. 재선이라는 목표를 좇느라 다른 것은 신경 쓸 겨를도 없었습니다.

루이 무테는 학자들의 의견을 모조리 묵살했습니다. 선거가 제대로 치러지지 않거나, 동요한 사람들이 현재 주지사를 맡고 있는 자신에게 투표하지 않을지도 모른다는 걱정 때문이었습니다. 시민의 안전보다 자신의 권력을 지키는 데 혈안이 된 그에게 분노한 지질학자들은, 가족들을 데리고 도시를 떠났습니다.

얼마 지나지 않아 펠레 화산은 점차 활동을 시작하는 듯 보였습니다. 사람들 사이에 스물스물 공포감이 번졌습니다. 간혹 흔들림과 함께 군데군데 작은 폭발이 일어나면서 새들이 한꺼번에 시체로 발견되는 등 상황은 심각해졌지만, 주지사는 입장을 굽히지 않았습니다. 신문을 통해 화산 폭발은 근거 없는 낭설이며 그런 일은 절대 일어나지 않을 거라는 기사를 내보내더니, 군대를 동원해 외부로 통하는 항구와 도로를 봉쇄하는 등 그의 행동은 점점 광적으로 변해갔습니다.

시민들은 꼼짝없이 갇힌 채 불안에 떨어야 했습니다. 그런 상황에서도 욕심에 눈이 먼 주지사는 선거운동을 하고자 1902년 5월 7일 아내와 함께 생 피에르를 방문했습니다. 시민들에게 안심하라고 했던 그의 말과 달리 사고는 바로 다음 날 일어났고, 그 또한 거대한 용암의 파도 아래 묻히고 말았습니다.

루이 마테가 주지사 재선에 성공했다면 그에게 이익이 돌아갔겠지만, 화산 폭발에 잘 대비했다면 모든 시민의 생명을 구할 수 있었을 것입니다. 하나의 도시 그리고 수많은 사람들의 목숨에 비하면 주지사 선거는 사소하고 하찮은 일입니다. 그러나 권력에 눈먼 이 정치인은 자기의 이익을 위해 시민들의 안전을 무시했습니다. 작은 폭발들이 이어져 연기가 피어오르고, 동물들이 떼로 죽어나가도 끝까지 현실을 부정한 채 선거 준비에만 몰두했으니까요.

타인보다 자기 자신을 아끼는 성향은 일견 자연스럽습니다. 그러나 다른 사람들에게 불이익을 주면서까지 본인의 이익만을 챙기는 행동은 옳다고 할 수 없습니다. 그런 행동이 지나치면 사회에 누를 끼치는 범죄가 될 뿐 아니라, 자칫 자신마저 위험에 빠질 수 있다는 사실을 우리는 알아야 합니다.

그 누가 봐도 해결 방법이 명확한 상황에서 본인의 이익을 위해 혼자 눈과 귀를 막았던 루이 마테. 그의 고집이 아니었다면 3만여 명이 살고 있던 도시가 그처럼 순식간에 생무덤으로 변하지는 않았을 것입니다. 최악의 화산 폭발 참사라 불리는 생 피에르의 비극은 천재(天災)가 아닌, 인간의 이기심이 부른 인재(人災)로 기억돼야 마땅합니다.

탐욕이 살인자라면 방관은 학살자입니다.
관심이 구조자라면 사랑은 구원자입니다.

최 고 가 되 기 까 지

현존하는 최고의 역사소설가로 평가받는 버나드 콘웰은 데뷔
작 '샤프(Sharpe) 시리즈'를 통해 단숨에 스타 작가가 되었습니다. 나
폴레옹 전쟁을 배경으로 영국군 리처드 샤프의 이야기를 다룬 샤
프 시리즈는 총 21편으로 이루어져 있습니다. 그중 하나인《샤프의
적》에는 주인공 샤프가 프랑스의 한 대령과 대화하는 장면이 나옵
니다. 대령은 토끼를 요리하는 방법에 관해 장황하게 느껴질 정도로
상세하게 설명합니다. 발라낸 살을 양념에 재워 숙성시키는 법, 맛
을 살리는 향신료의 종류와 고기를 잘 익히는 방식은 물론 소스를

맛있게 완성하는 요령까지, 읽기만 해도 훌륭한 요리가 상상될 정도입니다. 그에 대해 샤프는 퉁명스럽게 대구합니다. 영국에서는 그냥 토끼를 잘라 물에 끓인 다음 소금을 뿌려 먹는다고요.

19세기 초 프랑스와 영국 요리의 차이에 대해 알 수 있는 재미있는 대목입니다. 요리에 대한 프랑스인들의 관심과 열정을 알 수 있는 부분이기도 합니다.

요리라면 동양에서는 중국, 서양에서는 프랑스를 꼽을 정도로 프랑스의 요리 문화는 세계적으로 유명합니다. 재료와 조리법이 다채롭고, 맛뿐 아니라 모양의 훌륭함까지 갖춘 요리가 많지요. 푸아그라, 캐비아, 트뤼플 등 진귀한 재료도 많이 활용하기 때문에, 프렌치 레스토랑이라고 하면 대개 '고급'으로 인식됩니다. 전통 요리에 대한 프랑스인들의 자부심 또한 대단합니다.

프랑스 요리가 처음부터 뛰어난 것은 아니었습니다. 16세기 전까지는 영국 요리와 크게 다를 게 없었다는 이야기까지 있을 정도입니다. 현재의 프랑스 땅에 처음 뿌리를 내린 민족들의 음식은 그리 두드러지는 면이 없었다고 합니다. 앞선 문명을 자랑했던 로마제국의 영향을 받으며 차츰 프랑스 요리라고 할 만한 것이 생겨나기 시작하는데, 바로 그때가 프랑스 요리의 시발점이라 합니다. 프랑스 요리가 발달하게 된 본격적인 계기는 1533년, 이탈리아의 카트린 드 메디시스가 프랑스 왕가에 시집을 오면서부터였습니다. 당시 이탈리아는 다양한 문화와 함께 요리 또한 굉장히 발달한 나라였습니다. 카트린은 이탈리아 요리사 여러 명을 프랑스로 데려왔고, 그들은 프랑스의 궁중 요리사들에게 요리를 가르쳤습니다. 프랑스 음식이나 디저트 중 이탈리아 요리를 바탕으로 한 것이 많은 배경은 이런 이유에서입니다.

이탈리아의 선진 요리법, 비옥한 토지에서 자란 다양한 식재료와 뛰어난 품질의 술, 귀족들의 미식 취향을 만족시키기 위한 요리사들의 노력이 만나 프랑스의 요리 문화는 화려한 꽃을 피우게 됩니다. 파리에는 요리 학교가 많이 생겨났고, 뛰어난 요리사들이 연이어 출현하면서 저마다 프랑스 요리 발전사에 한몫을 했습니다.

많은 레시피를 정리하고 요리 이론서를 출간하며 고전 프랑스 요리의 창시자라고 불린 마리 앙투안 카렘, 프랑스 요리를 체계적으로 정리하고 오늘날의 주방 시스템, 서비스의 기틀을 마련하면서 프랑스 정부로부터 레지옹 도뇌르 훈장까지 받은 오귀스트 에스코피에는 그중에서도 대표적인 인물입니다.

위르뱅 뒤부아의 역할도 빼놓을 수 없습니다. 그는 러시아의 황제 니콜라이 1세 때 프랑스 대사를 지낸 오를로프 가에서 일했습니다. 로마노프 왕조의 통치 아래서 유럽과 달리 오랜 기간 제정을 유지한 러시아는 지금과 달리 호화로운 요리 문화를 갖추고 있었습니다. 황제와 왕족들은 코스 식사를 즐겼습니다. 금방 만들어진 따뜻한 음식을 차례로 맛보기 위해서였습니다.

러시아의 이런 방식이 뒤부아에게는 참신해 보였습니다. 당시 프랑스에서는 식탁 위가 아름답고 풍성하게 보이도록 모든 요리를 한꺼번에 세팅하는 게 일반적이었는데, 그러다 보면 정성껏 만든 요리가 금세 식어버렸기 때문입니다. 뒤부아는 러시아식 서비스가 프랑스에 보급되는 데 중요한 역할을 했습니다. 입맛을 돋우는 전채 요리로 시작해 본격적인 식사를 한 뒤 후식으로 이어지는 현재의 프랑스 코스 요리는 그렇게 완성되었습니다.

프랑스 요리의 역사를 살펴보면 그 발전 과정에서 외부의 영향이 중요했다는 사실을 알 수 있습니다. 음식을 즐기는 국민성, 기후와 토양 조건, 뛰어난 요리사들의 활약도 대단했지만, 로마제국과 이탈리아의 조리법이나 러시아의 서비스 방식이 없었다면 프랑스 요리는 지금만큼의 명성을 자랑하지 못했을 것입니다.

비단 요리뿐이 아닙니다. 문화의 발달과 지속을 위해서는 외부와의 교류가 필수적이듯 사람도 마찬가지입니다. 혹시 '나만 열심히 하면 된다'는 생각으로 살고 있지는 않나요? 다른 사람의 조언에 귀 기울이거나 외부의 변화를 파악하기보다는, 내가 찾은 정보와 지식만을 믿으며 스스로를 가두고 있지는 않은지 한번 생각해봅시다.

재능도 중요하지만, 그것을 발휘하기 위해서는 열린 마음이 필요합니다. 자신이 걷고자 하는 길을 먼저 걸은 사람의 충고를 듣는 자세, 다른 사람의 장점을 내 것으로 만들려는 시도는 큰 발전을 위한 밑거름이 될 것입니다.

마음을 열면 새로운 사람을 얻고
마음을 닫으면 알던 사람도 잃습니다.

행 운 은
행 복 이 아 니 다

토요일 저녁이 되면 어김없이 포털 사이트의 검색어 상위를 차지하는 말이 있습니다. 바로 '로또 당첨 번호'입니다. 당첨 번호가 발표되고 나면 로또를 구입한 사람들은 저마다 번호를 확인하기 바쁩니다. 그저 재미로 사본 사람이든 꾸준히 도전해온 사람이든 그 순간 가슴이 뛰기는 마찬가지입니다. 짧은 순간이지만, 1등이 된다면 당장 무엇부터 해야 할까 고민에 빠지기도 합니다. 그림 같은 집, 번쩍번쩍 빛나는 슈퍼카, 크루즈 여행이나 세계 일주 등 여유로운 삶의 상징들을 떠올리면서 말입니다.

그러나 즐거움도 잠시, 추첨 방송이 끝나면 달콤한 상상은 대개 한숨으로 끝나버립니다. 그렇게 사람들은 매주 숫자 여섯 개에 울고 웃습니다.

로또 1등에 당첨될 확률은 벼락에 맞을 확률보다도 낮다고 합니다. 남녀노소를 불문한 수많은 사람들이 그런 터무니없는 확률에 기대를 걸고 로또를 구입합니다. 대부분은 손해를 보지만, '혹시나' 하는 설렘으로 일주일을 행복하게 보내는 값이라 여기는 사람도 있습니다.

오늘날 사람들이 바라는 기적이란 '로또 1등'과 같은 일확천금입니다. 가진 것 없는 서민이 부자가 되는 길은 오로지 그것뿐이라고 믿기 때문입니다. 그렇게 인생역전에 성공한 사람들의 이야기는 매번 화제가 되고, 그럴수록 '나도 저렇게 되고 싶다'는 사람들의 욕구 또한 강해지기 마련입니다.

그래서 어떤 이들은 많은 돈과 시간을 들여 그 일에 매달립니다. 당첨자들이 밝힌 비결을 꼼꼼히 체크해 따라 하는가 하면, 자신만의 방법으로 매 회 유리한 번호를 계산하는 사람이 TV에 출연하기도 했습니다. 2004년 가을에는, 10억을 모으겠다며 주식과 로또에 전 재산을 쏟아붓고 결국 자살을 기도한 어느 부녀의 소식이 모두에게 충격을 안겼습니다. 스스로 노력해 돈을 벌기보다는 행운이 굴러들어오기만을 기다린 그들의 이야기는 대박을 향한 비뚤어진 집착이 불러온 비극입니다.

치솟는 물가와 달리 오르지 않는 월급, 부족한 일자리에 막막한 노후까지, 경제적인 문제로 고민하는 사람들이 늘고 있습니다. 그럴수록 '돈만 있으면 모두 해결될 것'이라는 물질만능주의 또한 팽배해갑니다. 어쩌면 당연한 결과입니다. 돈이 부족해서 생긴 걱정이니 돈이 넉넉해지면 걱정 또한 사라질 테니까요.

그렇다면 로또 당첨자들의 생활은 우리의 생각처럼 화려하고 행복할까요? 그들의 뒷이야기는 종종 화제가 되곤 합니다. 그중에는 우리가 예상하는 것보다 좋지 않은 상황에 처한 사람도 많습니다. 갑자기 생긴 돈을 어떻게 써야 할지 몰라 향락에 빠지거나 가족들과 불화가 생기는 경우는 그나마 나은 편입니다.

한 남자는 순식간에 당첨금을 써버리고 돈을 훔치다가 절도죄로 붙잡혀 한동안 뉴스에 오르내렸습니다.

외국의 사례도 별반 다르지 않습니다. 심지어 2006년 미국에서 로또에 당첨된 에이브러햄 셰익스피어는 재산을 관리해주겠다며

접근한 도리스 무어라는 여자에게 살해되었습니다. 자신의 이득을 챙길 줄도, 돈을 제대로 쓸 줄도 몰랐던 순진한 벼락부자의 주위에 죄다 그의 재산을 노리는 자들만이 몰려들었고, 결국 끔찍한 결말로 이어지고 만 것입니다.

물론 로또에 당첨된 사람들 모두가 불행해지는 것은 아닙니다. 그러나 그중 상당수가 돈을 제대로 관리하지 못하고 힘든 상황에 처한다는 소식을, 우리는 심심치 않게 듣습니다.

그런 중에도 타인을 위해 거액의 로또 당첨금을 흔쾌히 내놓은 사람이 있습니다. 유럽 최대 규모의 로또 복권인 '유로 밀리언'에 당첨되어 한화로 700억 원에 달하는 어마어마한 돈을 받게 된 한 프랑스 남성은 놀랍게도 당첨금 모두를 자선단체에 기부해 화제가 되었습니다. 그의 기부 조건은 단 하나, 그저 자신의 기부금이 어떻게 사용되는지 알고 싶다는 것이었습니다.

그런가 하면 2012년 프랑스에서 역대 최고액인 1억 6,900만 유로의 로또에 당첨된 사람은 1,000만 유로로 자선 재단을 설립했습니다. 그보다 4년 전, 5,000만 유로를 받은 로또 당첨자는 40만 유로를 들여 마을에 문화센터를 건립했으며, 그 마을에 살고 있는 어린이들의 학교 급식 비용을 대신 지불하는 것으로 유명합니다.

일확천금을 움켜쥐게 되었다고 해서 그 부를 누리려 하기 보다는 자신의 뜻에 따라 현명하게 소비할 때 오래도록 행복을 느낄 수 있을 것입니다. 한 매체의 보도에 따르면, 로또 당첨 후에도 일을 계속하며 이전과 같은 평범한 일상을 유지하는 성향의 사람들은 대개 비극을 겪지 않는다고 합니다. 이들이야말로 찾아온 행운을 제대로 음미할 줄 아는 사람들입니다.

로또 당첨자들이 느끼는 삶의 만족도가 다른 사람들의 만족도와 비슷해지는 데 걸리는 시간은 불과 1년도 되지 않는다는 조사 결과가 있습니다.

분명 우리는 로또 이후의 '나'에 대해서 생각해볼 필요가 있습니다. 로또에 당첨되었든 아니든, 혹은 큰돈이 생기든 아니든 삶은 단 한 번뿐이니까요. 돈으로 생활의 어려움을 극복할 수 있다면 큰 행복이겠지만, 그것으로 사람에게 일어나는 모든 문제를 해결할 수는 없습니다.

행운을 불운으로 만드는 것은 물론, 행복으로 만드는 것 또한 우리의 태도에 달렸습니다. 그 점을 간과한다면 많은 사람들이 그랬듯 큰돈을 얻고도 결코 행복해지지 못할 것입니다. 행운은 나에게 다가오는 것이지만 행복은 내가 다가가야 만날 수 있습니다.

우리가 고민하는 삶의 문제들 중 상당수가
돈으로 해결 가능합니다.
그렇다면 충분한 돈이 생겨도 해결되지 않는
나의 문제는 무엇일까요?

일확천금 후 불행해진 사람들은
이 문제에 답하지 못했습니다.

공존 또는 공멸

　해안을 따라 줄지어 서 있는 거대한 석상. 커다란 사람 얼굴 모양의 이 석상들은 남태평양 이스터 섬의 상징 '모아이'입니다. 때로는 얼굴만, 때로는 가슴과 허리 부분까지 땅 위에 솟아 있으며, 사람 키만 한 것에서부터 30미터를 웃도는 것까지 크기 또한 천차만별이지만, 모양은 별반 다르지 않습니다. 좁고 긴 얼굴형과 각진 턱, 높고 큰 코와 기다란 귀, 움푹 팬 눈과 굳게 다문 입술이 특징입니다. 일부는 눈에 다른 암석이 박혀 있거나 돌로 된 모자가 얹혀 있기도 하지요. 아무 표정 없는 커다란 인면석상(人面石像)들이 해변을 따라 늘어서 있는 모습은 보는 사람들에게 신비감을 넘어 묘한 경외감마저 느끼게끔 합니다.

이스터 섬은 현재 칠레에 속해 있습니다. 특정 국가에 속한 섬 중 본토와 가장 멀리 떨어져 있다는 이 외딴 곳을 세상에 처음 알린 사람은 네덜란드인 야콥 로게벤입니다. 칠레 근처에서 항해 중이던 그는 1722년 부활절에 섬 하나를 발견했습니다. 그날을 기념하기 위해 섬에 '이스터(부활절)'라는 이름도 붙였습니다.

부활을 뜻하는 이름과 달리 섬은 마치 죽어 있는 듯 황량했습니다. 울창한 숲은커녕 나무 한 그루 찾기 힘든 곳이었습니다. 온 땅이 풀로 뒤덮여 그저 하나의 거대한 초원과 같았습니다. 원주민도 별로 없을 뿐더러 문명과는 거리가 멀어 보였습니다. 오직 바닥에 나뒹구는 모아이만이 이 땅에서 이방인의 눈을 사로잡을 뿐이었습니다. 바다 한가운데에 떠 있는 낯선 섬과 거대한 석상의 존재는 로게벤에 의해 서구에 알려졌습니다.

모아이는 크기만큼이나 엄청난 숫자로 학자들을 놀라게 했습니다. 550여 개의 모아이가 해안선을 따라 마치 섬을 둘러싸고 있는 것처럼 보였습니다. 참으로 불가사의한 일이었습니다. 섬에는 석상을 만들고 옮길 만한 재료도, 노동력도 없었습니다.

대륙과도 멀리 떨어져 있는 작은 섬에 대체 누가 이런 석상을 조각했을까? 이 커다랗고 무거운 것을 어떻게 운반하고 어떻게 세웠을까? 만든 이유는 대체 무엇이란 말인가?

학계는 물론 대중들도 이스터 섬의 미스터리에 호기심을 가졌습니다. 한 작가는 외계 문명설을 주장했고, 모아이는 고도의 과학기술을 가진 외계인의 작품이라고 믿는 사람들이 늘어나기 시작했습니다.

모아이에 관한 신빙성 있는 연구 결과가 나온 것은 최근의 일입니다. 이스터 섬의 최초 주민들은 폴리네시아인이었습니다. 학자들은 지질 조사를 통해 황량한 섬이 한때는 야자나무로 뒤덮여 있는 비옥한 땅이었으며, 농사도 가능했다는 사실을 밝혀냈습니다. 주민들은 야자나무로 카누를 만들어 고래를 사냥하기도 했습니다. 모아이를 운반할 수 있었던 것도 야자나무 덕분이었습니다. 야자나무를 잘라 나무 썰매를 만들고, 화산 근처에서 채취한 돌을 조각해 그 위에 올린 다음 밧줄로 끌어 해안까지 옮기는 방식이었습니다. 모아이가 만들어진 때는 1200~1500년경이었으며, 당시에는 인구도 훨씬 많았을 것이라 추정됩니다.

물론 모든 수수께끼가 풀린 것은 아닙니다. 모아이를 만든 이유는 여전히 명확하지 않습니다. 다만 학자들의 추측에 따르면 거대한 석상은 신앙의 표현이라고 합니다. 신의 자손이라고 믿는 왕을 기리기 위한 것이라는 주장이 지배적인데, 조상 숭배인 동시에 신에게 드리는 정성인 셈입니다.

한 가지 분명한 것은 주민들의 행복이 오래가지 않았다는 사실입니다. 생활이 안정되면서 인구가 증가했지만, 그것은 곧 식량 부족을 의미하는 것이기도 했습니다. 끊임없는 석상 제작과 카누 제작, 집짓기로 숲이 줄어들었고, 설상가상으로 큰 화재도 일어났습니다. 곧 부족 간에 죽고 죽이는 전쟁이 벌어졌습니다. 그들은 상대 부족에게 중요한 의미인 석상을 부수고 넘어뜨리는 한편, 전쟁에서 이기기 위해 끊임없이 모아이를 만들며 신에게 매달렸습니다.

야자나무는 계속해서 잘려나갔고 결국 단 한 그루도 남지 않았습니다. 전쟁과 가난으로 세상을 떠나는 사람이 점점 늘어났습니다. 누구도 승리의 기쁨을 얻지 못했습니다.

부족이나 국가들이 서로 대립하는 것처럼 개인 또한 다른 개인이나 집단과 수많은 이유로 부딪칩니다. 물론 갈등은 언제나 생길 수 있는 것이며, 개인이나 집단이 발전하는 계기가 되기도 합니다. 문제는 갈등의 해결이 아닌 다툼 자체에만 매달리는 경우입니다. '살아야 한다'는 원래의 목적보다 '이겨야 한다'는 눈앞의 목표에 급급했던 이스터 섬의 옛 주민들처럼 말입니다.

짧지만 파란만장한 이 섬의 역사는 인간의 이기심이 불러오는 결과를 보여줍니다. 주어진 것을 이용하려고만 하는 태도, 자신과 자신의 집단만 살아남고자 하는 욕심은 모두의 목숨을 앗아갔습니다. 서로 싸우는 대신 함께 살아갈 방법을 모색했다면 오늘날의 이스터 섬은 또 다른 모습이었을 것입니다.

부족함 없던 그 땅은 이제 예전과 같은 영화를 되찾을 수 없게 되었습니다. 인간의 어리석음을 상징하는 모아이들만이 무덤 앞 비석처럼 쓸쓸하게 황무지를 지키고 있을 뿐입니다.

초가삼간 다 타도
빈대 죽는 것만 시원하다고 합니다.

금메달을 숨겨라

덴마크 코펜하겐에 위치한 닐스 보어의 연구소. 헝가리의 화학자 헤베시가 연구소 안 이곳저곳을 살피고 있었습니다. 그는 책상 아래로 고개를 넣어보는가 하면 서랍과 캐비닛을 열었다 닫는 등 정신없이 움직였습니다. 두 개의 노벨상 메달을 숨길 만한 곳을 찾기 위해서였습니다. 때는 2차 세계대전이 발발하기 직전이었고, 폴란드를 점령한 히틀러는 노르웨이와 덴마크 공격을 지시했습니다. 나치로부터 위협받는 과학자들을 지키기 위해 보어가 마련한 그 연구소에도 머지않아 독일군이 들이닥칠 것이었습니다. 메달을 꼭 쥔 헤베시의 손이 땀으로 축축해졌습니다.

메달의 주인은 독일의 과학자 막스 폰 라우에와 제임스 프랑크였습니다. 그들은 각각 1914년과 1925년에 노벨물리학상을 받았습니다. 노벨상 수상은 학자에게 있어 최고의 영예였지만, 두 사람의 기쁨은 오래가지 않았습니다. 1936년, 히틀러가 독일인은 노벨상을 받아서도, 받은 것을 가지고 있어도 안 된다며 이른바 '노벨상 금지령'을 내렸기 때문입니다. 이는 독일의 언론인이자 나치의 사상에 반대했던 카를 폰 오시에츠키의 노벨평화상 수상에 대한 분노의 표현이었습니다.

히틀러는 노벨상 메달을 포함해 금이 해외로 반출되는 것도 막았습니다. 보이는 것은 모두 압수했습니다. 심지어 과학자들을 밑에 두고 그들의 지식마저 원하는 대로 이용하고자 하는 치밀한 독재자였습니다. 상황이 이런 터라 라우에와 프랑크는 동료 과학자인 헤베시에게 일찍이 메달을 맡겨두었습니다. 그런데 코펜하겐마저 독일군의 침략을 받게 된 것입니다.

허둥대던 헤베시의 눈에 노란빛의 투명한 액체가 든 유리병이 들어왔습니다. 순간 머릿속에서 번쩍하고 섬광이 비치는 듯했습니다. 그는 과감하게 유리병 안으로 메달을 떨어뜨렸습니다. 동그랗고

납작한 금은 조금씩 크기가 줄어들더니 이내 사라져버렸습니다. 액체의 색깔이 붉은빛으로 변했을 뿐, 메달의 흔적은 전혀 찾을 수가 없었습니다. 헤베시는 유리병을 조심스레 제자리에 돌려놓은 뒤 황급히 연구소를 떠났습니다.

두 독일 과학자의 메달이 있을 것이라는 정보를 입수한 독일군은 연구소에 도착하자마자 구석구석을 이 잡듯 뒤졌습니다. 그러나 갖가지 액체가 들어 있는 실험용 비커와 유리병들은 그냥 지나쳐버렸습니다. 액체 안에 금메달이 녹아 있으리라고는 상상도 하지 못했기 때문입니다. 그들은 결국 금메달을 발견할 수 없었습니다.

전쟁이 끝나고 헤베시가 연구소에 돌아왔을 때, 유리병은 원래의 자리에 그대로 놓여 있었습니다. 그는 액체에 녹아 있던 금을 추출해냈고, 스웨덴의 왕립과학원에서는 그 금으로 다시 메달을 만들었습니다. 노벨상 메달은 그렇게 원래의 주인인 라우에와 프랑크에게 돌아갔습니다.

헤베시가 금메달을 넣어 녹인 액체는 질산과 염산을 1:3의 비율로 혼합해 만든 '왕수(王水)'라는 물질입니다. 금까지도 녹여내는 성질로 인해 붙은 이름이지요. 금은 굉장히 안정된 화학 구조를 지녀 황산이나 염산, 질산에도 녹지 않는데, 특이하게도 왕수에 넣으면 녹아버립니다. 독일군을 피해 도망치기 직전 헤베시는 이 사실을 떠올렸고, 덕분에 두 명의 동료는 물론 그들을 보호했던 여러 과학자들까지 지켜낼 수 있었습니다.

매체의 홍수 속에서 잘못된 지식과 단편적인 지식이 넘쳐나는 요즘, 지식의 위상은 점점 떨어지고 있습니다. 사람들은 대학 입학이나 승진처럼 눈에 보이는 성과를 가져다주는 지식 외에는 신경 쓰지 않습니다. 지식을 깨우쳐 습득하는 것이 아니라 목적을 위해 사용하면 그만이기에, 돈을 써서 시험문제의 답안지를 얻고 논문 대필이나 대리시험을 맡기는 일들이 심심치 않게 일어납니다.

그러나 지식은 출세나 성공을 위한 수단이기 이전에 그 자체로 힘을 가집니다. 그것을 누가 가지고 있느냐에 따라, 그리고 어떤 방향을 향하고 있느냐에 따라 사람을 살리거나 죽일 만큼 커다란 힘이 됩니다. 나치의 압박 속에서도 많은 과학자들이 개의치 않고 동료를 도울 수 있었던 까닭은, 지식이란 한 사람의 야망이 아니라 인류를 위해 쓰여야 한다고 생각했기 때문입니다.

그들은 지식의 힘을 잘 알고 있었습니다. 그들을 구한 것 또한 돈이나 권력, 무력이 아닌 오로지 순수한 지식이었습니다.

●

사람을 향하는 지식이 있고
사람을 겨냥하는 지식이 있습니다.

지식의 효용은 사람에 의해 결정됩니다.

돈보다 귀한 재산

친한 친구가 얼마나 있느냐는 질문을 받으면 어떤 사람은 금세 몇 명의 얼굴을 떠올리는 데 반해 어떤 사람은 아무 말도 하지 못합니다. 자기 앞가림하기에도 급급한 세상인지라 오늘날 사회인들은 점점 친구를 잃어갑니다. 학창 시절에는 부모님이나 선생님보다 더 자주 고민을 나누고 마음을 터놓았던 친구들과도 시간이 지날수록 소원해집니다. 집안에 경조사가 있을 때면 평소 친구들을 잘 챙기지 못한 아쉬움이 큽니다. 손님이 없는 것이 남들 보기에 행여 흠이 될까 걱정도 앞섭니다. 결혼식에 올 친구가 별로 없는 경우에는 돈을 주고 사람을 고용하기도 한다니, 현대인의 친구 품귀 현상이 정말 심각한가 봅니다. 사실 정말 중요한 것은 친구의 '양'이 아니라 '질'일 것입니다. 가볍게 만날 사람은 많아도 가족처럼 나를 잘 알고 이해해줄 만한 친구는 갖기 어려운 법입니다.

〈한국을 빛낸 100명의 위인들〉이라는 노래에도 등장하는 신숙주와 한명회는 절친한 친구 사이였습니다. 사실 두 사람이 비슷한 어린 시절을 보내지는 않았습니다. 신숙주는 글재주가 좋기로 유명했고, 스물한 살에 생원과 진사 시험에 한꺼번에 급제하고 이듬해 문과와 전시에도 붙는 등 천재로 불렸습니다. 그가 뛰어난 학자로서 일찍이 인정받았던 반면 한명회는 여러 차례 과거에 낙방했습니다. 2품 이상인 관리의 자제에게 관직을 주는 음서제도의 혜택을 받아 겨우 개성의 경덕궁지기가 되었지만, 궁을 관리하는 초라한 직책이었지요. 현재에 빗대어 말하자면 낙하산으로 말단 공무원이 된 셈입니다. 지독한 책벌레인 신숙주와 사람을 잘 부리고 과시하기 좋아하는 한명회는 성격도 매우 달랐습니다. 서로 잘 맞지 않을 법도 한데, 둘은 사돈까지 맺으며 오랜 시간 가까이 지내게 됩니다.

어느 날 세조가 두 사람을 모두 불러 세자까지 함께한 술자리를 가졌습니다. 세조는 그들을 특히 아꼈습니다. 왕위 계승자가 아니었던 수양대군이 왕의 자리에 올라 세조가 되도록 도운 일등 공신이 바로 한명회였으며, 세조의 왕위 찬탈을 지탄한 수많은 학자들이 목숨을 버리면서까지 새로운 왕을 거부하는 가운데 곁에 남은 학자가 신숙주였기 때문입니다.

술을 마시고 거나하게 취해 기분이 좋아진 세조는 신숙주에게 장난을 치기 시작했습니다. 책만 좋아할 뿐 평소 농담 한마디 할 줄 모르는 신숙주의 팔을 꺾으며 자신의 팔도 꺾어보라 명한 것입니다.

당시 임금의 몸에 함부로 손을 대거나 상처를 내는 일은 큰 죄였습니다. 신숙주 또한 크게 당황하여 그렇게 할 수 없다고 대답했지만, 그럴수록 세조는 더욱 집요하게 요구했습니다. 술을 워낙 많이 마신 데다 왕의 고집을 이길 수도 없었던 신숙주는 결국 세조의 팔을 비틀었습니다. 그 힘이 꽤 세었는지 왕의 입에서 신음이 나올 정도였습니다. 옆에 있던 세자의 낯에 불편한 기색이 떠오르자, 세조는 아들에게 '나에게 이러는 것은 괜찮지만, 너에게는 안 된다'라고 조용히 말했습니다.

흥청망청한 가운데 술자리는 끝났고, 아무 일도 일어나지 않는 듯했습니다. 그러나 한명회는 어쩐 일인지 신숙주의 하인을 넌지시

부르더니, 집으로 돌아가거든 주인에게 '방의 불을 끄고 일찍 잠을 자라'는 자신의 말을 전하라고 일렀습니다.

잠자리에 누운 세조는 잠을 이룰 수가 없었습니다. 신숙주의 행동이 떠오르자 어쩐지 괘씸한 생각이 들었습니다.

'아무리 명령을 했기로서니 감히 왕의 팔을 비틀다니?'

왕이 되기 위해 형제들과 다툼을 벌인 것은 물론 어린 조카를 쫓아내며 무고한 목숨을 빼앗을 정도로 거침없던 그입니다. 그간의 행동을 많은 사람들이 지탄하고 있다는 사실 또한 잘 알았기에, 신숙주마저 마음속으로는 그들과 같은 생각인지 의심스러웠습니다. 결국 세조는 신숙주가 무얼 하고 있는지 알아보기 위해 그의 집으로 사람을 보냈습니다. 얼마 후, 신숙주의 집을 살피고 온 내시는 그의 방에 불이 꺼져 있다는 소식을 전했습니다.

"무슨 일이 있어도 매일 늦은 밤까지 책을 보는 신숙주가 잠을 자다니, 아까는 정신없이 취해 있던 것이 분명하구나!"

껄껄 웃은 세조는 그제야 안심하고 잠을 청했습니다.

사실 신숙주는 그날도 불을 켜고 책을 읽으려던 참이었습니다. 그 모습을 본 하인이 달려와 한명회의 말을 전하자 그는 부랴부랴 불을 껐고, 다행히 그 뒤에 내시가 다녀간 것입니다.

곁에서 보아온 왕의 성격과 오래 사귄 벗의 습관을 잘 알고 있던 한명회의 조치 덕분에 신숙주는 큰 화를 면했습니다.

신숙주와 한명회, 두 사람에 대한 후대의 평가를 떠나 누구보다 자신에 대해 잘 알고 적극적으로 염려하는 친구의 존재가 얼마나 중요한지 생각하게 되는 이야기입니다.

주위의 친구들을 한번 떠올려봅시다. 그들이 어떤 친구인지, 그리고 내가 그들에게 어떤 친구인지도 말입니다. 좋은 일이 있을 때는 아낌없이 축하해주고, 나쁜 일이 생기면 진심을 다해 위로해주는 친구가 단 한 명이라도 있다면 당신의 인간관계는 박수를 받을 만합니다.

'가장 귀중한 재산은 사려 깊고 헌신적인 친구'라는 말이 있습니다. 서로 아무것도 해줄 수 없는 우정이어도 괜찮습니다. 서로 무엇이든 해주고 싶은 우정이라면요. 그런 우정을 나눌 만한 친구는 세상을 살아가는 데 있어 재산이나 명예보다 더 큰 힘이 됩니다.

천상병 시인은 인생을 소풍에 비유했습니다.
그 소풍에 꼭 필요한 존재가 친구입니다.

쭝 회장의
부자가 되는 법

　조금은 헐렁한 점퍼와 바지, 고급스럽다기보다는 편안해 보이는 셔츠. 중국 최고의 기업가 쭝 칭허우의 평소 모습입니다. 미국의 경제잡지 〈포브스〉에 의하면 와하하그룹의 회장인 그는 약 15조 원 가치의 주식을 보유하고 있으며, 홍콩 재벌 리카싱, 인도 타타그룹의 라탄 회장에 이어 아시아에서 세 번째로 재산이 많은 사람이라고 합니다. 세계에서 손꼽히는 부자임에도 쭝 회장은 검소하고 소탈하기로 유명합니다. 어린 시절부터 지독한 가난에 시달렸던 탓입니다. 작은 시골 마을에서 태어난 그는 중학교를 졸업하자마자 객지를 떠돌며 여러 농장에서 일했고, 청년 시절에는 공사판 막노동을 하면서 푼돈을 벌었습니다. 고달픈 나날의 연속이었습니다.

그에게 기회가 찾아온 순간은 덩샤오핑의 집권 후, 경제 개방정책이 한창 진행되던 때였습니다. 사회주의 국가인 중국에서도 개인사업이 허락된 것입니다. 젊은 시절부터 자기만의 방식으로 장사를 해보고 싶었던 쭝 회장은 당장 돈을 빌려 작은 사업을 시작했습니다. 밑천이 많이 필요하지 않은 음료 배달 사업이었습니다.

첫 사업은 그에게 큰돈을 안기면서 새로운 사업에 대한 자신감을 심어주었습니다. 그는 어린이를 대상으로 한 건강식품 시장으로 눈을 돌렸습니다. 중국인들의 삶이 이전보다 윤택해지면서 건강에 대한 관심이 높아진 것은 물론, 1979년부터 가구당 한 명의 자녀만 낳도록 허락한 정부의 산아제한 정책에 의해 부모들이 아이에게 지극한 정성을 쏟게 되었기 때문입니다. 쭝 회장의 예상은 정확히 맞아떨어졌고, 매출은 하늘 높은 줄 모르게 치솟았습니다. 그는 자신의 회사에 중국의 유명한 동요 제목이기도 한 '와하하'라는 이름을 붙이고 점차 규모를 늘려갔습니다.

쭝 회장의 전략은 항상 기발했습니다. 페이창 콜라를 출시한 뒤에는 판매처로 농촌 지역을 공략했는데, 기존의 기업들이 수요가 많은 대도시에서 물건을 파는 것과는 전혀 다른 방식이었습니다. 이미 코카콜라와 펩시에 익숙했던 도시 사람들과 달리 농촌 사람들은 콜라가 뭔지도 잘 모른 채 페이창 콜라를 마시게 되었습니다.

그들이 점점 도시로 이주하면서 페이창 콜라는 널리 인기를 얻게 됩니다. 와하하 그룹 또한 중국 대륙 곳곳의 작은 시골 마을에까지 판매망을 구축한 거대 기업으로 성장했습니다.

중국인들은 존경하는 기업가를 꼽을 때 쭝 회장을 빼놓지 않습니다. 낡은 휴대폰을 사용하고, 하루 용돈으로 고작 20달러 정도를 쓸 만큼 소박하기도 하지만, '부자들이 다른 사람들을 도와주고 이끌어서 점점 부자가 늘어나며 결국은 모든 사람들이 부자가 되어야 한다'는 정치인 덩샤오핑의 생각을 실천에 옮기려 노력하는 사람이기 때문입니다. 뛰어난 판단력과 부단한 노력으로 가난을 이겨낸 과정 또한 그가 좋은 평가를 받는 이유 중 하나일 것입니다.

웹서핑을 하다 보면 어떻게 부자가 될 수 있는지 알려주는 이른바 '부자 되는 법'에 대한 다양한 형태의 글들이 넘쳐납니다. 서점에서도 돈을 모으는 요령과 재테크 기술을 담은 책들이 큰 인기를 얻고 있습니다. 그 내용을 살펴보면 언제까지 얼마를 모을 것인지 그

구체적인 시기와 금액에 대한 목표를 정하고 상세한 계획을 세우는 것이 중요하다고들 합니다.

그런데 쭝 회장의 성공기는 우리에게 조금 다른 이야기를 해주고 있습니다. 그는 그저 안정된 생활에 대한 욕구와 자기만의 사업을 잘 꾸리고 싶다는 바람, 부자가 되어 더욱 많은 사람들을 부자로 만들겠다는 각오를 거름 삼아 정신없이 일했고, 그러다 보니 어느덧 예상보다 훨씬 큰 성공을 거머쥐게 되었습니다.

도달하고자 하는 지점이 있다면 커다란 동기부여가 되겠지요. 그러나 언제 그곳에 닿을까 조바심을 낸다면 발걸음이 흐트러질지도 모릅니다. 그저 나아가는 과정 자체에 집중한 채 온 힘을 쏟아보세요. 자신도 모르는 사이에 더 좋은 결과를 얻게 될 것입니다.

○

부자가 되는 두 가지 방법이 있습니다.

나만 부자가 되거나,
모두 부자가 되는 것입니다.

볼보의
아름다운 선택

2013년 우리나라의 교통사고 사망률은 OECD 국가 중 1위를 차지했습니다. 참으로 불명예스럽고도 슬픈 일입니다. 인구가 워낙 많고 경제가 빠른 속도로 발전하는 중국 또한 교통사고로 인한 사망 인구가 엄청나서 정부가 골머리를 썩고 있습니다. 전 세계적으로 자동차가 점점 늘어나는 만큼 운전자와 탑승자, 보행자 모두의 안전을 위해 새로운 기술에 대한 요구도 더욱 커지고 있는 추세입니다.

1951년 자동차 회사인 벤츠와 GM에서 자동차 안에 2점식 안전벨트를 장착하기 전까지 자동차에는 탑승자를 위한 안전장치가 전혀 없었습니다. 때문에 자동차 경주를 위해 빠른 속도로 달리거나 방향을 꺾을 때면 사람이 밖으로 튕겨 나가기도 하는 등 끔찍한 일이 일어나곤 했습니다. 레이서들은 안전을 위해 스스로 벨트를 만들어 착용했고, 20여 년이 지나서야 그 안전벨트가 실제로 자동차에 부착되어 나오게 된 것입니다.

당시의 2점식 안전벨트는 벨트의 양끝이 차에 부착된 형태였습니다. 요즘의 기차나 고속버스에 있는 것처럼 허리 위에 두르는 시트 벨트가 아니라 한쪽 어깨의 벨트와 반대쪽 복부 옆의 벨트 버클을 가슴 앞쪽에서 채우는 형식이었는데, 물론 없는 것보다야 나았지만 그리 안전하지만은 않았습니다. 차가 충격을 받았을 때 가슴 앞의 버클이 탑승자의 몸속 장기에 오히려 심각한 부상을 입히기도 했기 때문입니다. 이에 따라 자동차 회사 볼보는 더욱 성능이 좋은 안전벨트를 만들기로 작정하고, 비행기 내부의 안전장치를 개발하던 닐스 볼린을 엔지니어로 채용했습니다. 그리고 닐스 볼린은 현재와 같은 방식의 3점식 안전벨트를 개발하는 데 성공합니다.

이 발명품으로 닐스 볼린은 1958년 특허를 따냈으며, 이후 볼보에서 생산되는 모든 자동차에는 새 안전벨트가 장착되었습니다. 이전보다 몸을 더 많이 감싸기 때문에 답답하다는 사람들도 많았지만,

볼보의 모의실험을 통해 2점식 안전벨트보다 탑승자 보호에 훨씬 효과적이라는 사실이 드러나며 3점식 안전벨트는 곧 좋은 반응을 얻기 시작했습니다. 안전벨트 착용의 이점을 알리는 캠페인을 꾸준히 한 것도 도움이 되었습니다.

1963년, 볼보는 다른 회사에서도 3점식 안전벨트를 사용할 수 있도록 허가합니다. 3점식 안전벨트가 상용화되면서 교통사고로 인한 사망률은 이전보다 훨씬 줄었고, 지금까지도 수많은 사람들이 안전벨트로 인해 생명을 지키고 있습니다. 이제 안전벨트 착용은 자동차 이용자의 의무이자 습관으로 자리 잡았습니다. 자신들이 개발한 기술의 이용을 조건 없이 허가한 볼보의 결단이 아니었다면 그 과정은 조금 더 느리게 진행되었을지도 모릅니다.

기업가에게 있어 이윤을 남기는 일은 무엇보다 중요합니다. 그러나 볼보는 많은 연구 비용과 인력, 시간을 투자해 얻은 기술을 경쟁사들과 공유했습니다. 독점 생산으로 얻을 수 있는 수익보다 사람의 안전이 더욱 중요하다고 판단했기 때문입니다. 그러한 조치가 자동차 업계 전체의 발전을 가져올 것이라는 믿음도 있었습니다. 실제로 안전 기술이 발달하면서 자동차 산업 또한 호황을 맞았고, 볼보를 비롯한 많은 자동차 회사가 성장할 수 있었습니다.

자신의 이익을 위해 앞뒤를 가리지 않는 사람들이 늘어나고, 가끔은 그러한 일들이 '어쩔 수 없는 것'이라는 말로 용인되기도 하는 이 시대에 볼보의 결정은 놀라운 일처럼 보일 수도 있습니다. 그러나 어느 누구도 그 일에 대해 미련하다거나 어리석었다고 말하지 않습니다.

볼보는 옳은 일을 했고, 많은 사람들에게 긍정적인 기업 이미지를 심어주는 동시에 자신들이 추구하는 핵심 가치가 '안전'임을 알렸습니다. 많은 기업들이 브랜드 홍보를 위해 막대한 돈을 쏟아붓는다는 사실을 상기한다면 볼보의 결정은 결과적으로 회사에 큰 이득을 가져온 셈입니다.

개인의 이익을 좇는 것과 전체의 이익을 추구하는 일은 절대 양립할 수 없는 것처럼 보이기도 하지만, 사실은 전체가 이익을 얻을 때 거기에 속한 개인에게도 이익이 돌아갑니다.

모두가 불행한 사회에서 혼자 행복하기란 불가능합니다. 나만 잘살면 될 것 같아도 사회가 혼란스러우면 누구나 불안정한 삶을 살 수밖에 없기 때문입니다. 때로는 내 욕심을 추구하는 것보다 모든 사람을 위한 마음이 필요하다는 것, 그리고 그런 행동이 나에게도 행운을 가져다준다는 사실을 기억해야 하겠습니다.

필요한 물건을 만드는 회사는 인기를 얻지만
공익을 위하는 회사는 존경을 받습니다.

무엇을 나눌 것인가

1위 빌 게이츠 280억 달러, 2위 워런 버핏 172억 5,000만 달러, 3위 조지 소로스 85억 달러……

2013년 7월 미국 〈포브스〉에 실린 이 순위의 기준은 재산이 아니라 바로 누적 기부액입니다. 1위를 차지한 빌 게이츠가 지금껏 기부한 금액은 무려 31조 원이 넘습니다. 보통 사람들은 벌기도 힘든 큰돈을 타인을 위해 내놓은 것입니다. 빌 게이츠 외에도 순위에 오른 사람들은 모두 어마어마한 부자답게 통 큰 기부로 이목을 끌었습니다.

세상은 점점 발전하고 있다 하지만, 우리 주위에는 아직도 도움을 필요로 하는 사람들이 너무나 많습니다. 밥 한 끼를 사 먹지 못하고 물로 주린 배를 채우는 결식 아동, 수술비가 너무 비싸 병을 방치하는 어린이, 생활비가 없어 절망하는 청소년 가장이나 독거노인들이 바로 그들입니다. 온정의 손길이 이어지는 연말연시도 잠시, 그중 대다수는 여전히 무관심 속에서 힘겨운 하루를 보내고 있습니다.

세계 기부 지수(WGI: World Giving Index)에 따르면 2013년 세계 기부 지수 평가에서 한국은 146개국 중 45위를 차지했습니다. 2010년에 153개국 중 81위에 올랐던 것을 감안하면 많이 나아진 편이지만, 세계 13위라는 경제 규모에 비하면 초라한 성적입니다.

WGI의 지수는 기부 금액보다도 자원봉사와 같은 기부 행위에 더욱 초점을 맞추고 있습니다. 반드시 돈을 쥐여주는 것만이 타인을 돕는 방법은 아니기 때문입니다. 그럼에도 사람들은 큰돈을 내놓는 것이야말로 기부라고 여기며, 따라서 기부마저도 부자들이나 할 수 있다고 생각합니다.

'내가 먹고살 돈도 없는데 무슨 기부?'라는 말로 냉소하는 경우가 많고, 대부분은 '나중에 돈 많이 벌면 그때 봐서……'라는 말로 기부를 미루곤 합니다. 결국 우리나라에 기부 문화가 굳건히 뿌리를 내리지 못하는 이유는, 팍팍한 생활보다도 '기부란 곧 돈이다'라는 관념 때문인지 모릅니다.

아프리카 남수단에는 최근 기적을 경험하는 사람이 늘고 있습니다. 많은 아이들이 잃었던 팔과 손을 되찾은 것입니다. 정부군과 반군의 내전이 격렬해지면서 아이들은 지뢰와 같은 위험한 무기에 노출되었고, 음료수 캔이나 장난감인 줄로만 알고 지뢰를 집어 들었다가 속수무책으로 팔다리를 잃었습니다. 이런 아이들의 숫자가 무려 5만 명에 달할 정도로 지뢰 사고는 남수단에서 흔한 일입니다.

이들을 돕기 위해 '낫임파서블랩(Not Impossible Labs)' 사가 나섰습니다. 설립자 믹 에블링은 자신의 회사에서 개발한 3D 프린터를 이용해 다니엘 오마르라는 한 소년에게 인공팔과 손을 만들어주었습니다. 이전까지 모든 생활을 주변 사람들에게 의지해야 했던 오마르는 새로 생긴 팔과 손을 이용해 혼자 밥을 먹을 수 있게 되었습니다. '불가능은 없다'라는 회사의 이름처럼 정말 놀라운 일이 일어난 것입니다. 그 후로 에블링은 3D 프린터를 이용해 의수를 만드는 '다니엘 프로젝트'를 추진, 더욱 체계적인 팀을 꾸려 인공팔과 손을 만들고 있습니다. 그에 따라 다니엘처럼 새로운 삶을 얻는 아이들 또한 점점 늘어날 예정입니다.

직접 개발한 기술로 남수단 아이들에게 희망을 선사한 낫임파서 블랩 사의 사람들처럼 우리 또한 타인을 도울 수 있습니다. 군것질에 썼던 돈을 아껴 밥을 굶는 아이들에게 도시락을 전할 수 있으며, 조그마한 모자를 떠서 아프리카의 신생아 사망률을 낮추는 데 이바지할 수도 있습니다. 달동네 담벼락에 벽화를 그리고, 외국인 근로자에게 한국어를 가르쳐주는 등 자신의 역량으로 사회에 기여하는 재능 기부도 하나의 방법입니다.

돈이 아니라도 지식, 재주, 시간 등 누구에게나 그만의 재산이 있습니다. 그러므로 가진 게 없다는 말은 엄밀히 따지면 핑계에 불과합니다. 목소리만 있어도 시각장애인을 위한 도서 낭독 봉사를 할 수 있으니까요. 중요한 것은 무엇을 얼마나 가졌느냐가 아니라 가진 것을 나누고자 하는 마음일 것입니다.

●

올바른 의도는
올바른 목적을 낳습니다.

여기에 의지가 따르면 기적이 일어납니다.

새들의 비행 법칙

낙동강 하구의 을숙도, 강원도 철원, 충남 서산의 천수만, 강화 대송도……. 한국의 대표적인 철새 도래지들입니다. 이외에도 금강 하구와 제주 하도리, 순천만과 해남 등 우리나라 곳곳에 철새를 관찰할 수 있는 명소가 있습니다. 해마다 다양한 종의 철새들이 그곳에서 번식을 하거나 추운 겨울을 지냅니다.

철새들이 모여들 때면 사람들도 철새 도래지로 향합니다. 아이들의 자연 학습을 위해, 또는 멋진 광경을 눈과 카메라에 담기 위해서입니다. 일부 지역에서는 아예 철새 축제를 열어 관광객을 끌어

모옵니다. 수천에서 수만, 때로는 수십만 마리에 이르는 새들의 무리가 한꺼번에 날아올라 마치 훈련받은 공군 편대처럼 하늘을 수놓으며 비행하는 모습은 과연 장관입니다.

그렇게 머물다가도, 가야 할 때가 되면 새들은 미련 없이 제가 살던 곳으로 떠납니다. 종에 따라 다르지만, 대개 수백에서 수천 킬로미터에 이르는 거리를 날아가지요. 돌아가야 할 시기를 어떻게 가늠하는지, 그리고 그 먼 길을 어떻게 찾아 가는지에 관해서는 알려진 바가 거의 없습니다. 기온이나 일조 시간의 변화, 생물시계(생물의 몸속에 존재한다고 생각되는 시간 측정기구)의 주기적인 성질, 육지 지형에 대한 기억, 특정 성좌 등등 여러 가지 이유를 짐작만 할 뿐입니다.

엄청난 숫자의 새들이 각자 자리를 유지하며 흐트러짐 없이 먼 길을 가는 것도 참으로 신기한 일입니다. 그것에 관해서도 여러 학자들은 '지질과 자기장에 따른 자연적인 원리', '지도자 격인 새 한 마리가 무리에게 신호를 보내는 방식으로 이끌고 있는 것' 등 자신만의 생각을 피력했습니다.

그런데 새 떼와는 전혀 상관없을 것 같은 양자물리학자들이 내놓은 답은 다음과 같습니다. 필립 볼의 저서 《물리학으로 보는 사회》에 의하면 지도자 역할을 하는 새는 따로 정해져 있지 않고, 따

라서 새들이 누군가의 명령을 따르는 것은 아닙니다. 그렇다고 그저 자연의 원리에 따라 나는 것도 아니라고 합니다. 그들은 저마다 주변에 있는 다른 새들을 따라 움직일 뿐입니다. 모두가 서로의 움직임에 자신을 맞추려고 하기 때문에 결과적으로 그 거대한 무리가 일사불란하게 움직이게 되는 것입니다. 생각보다는 단순한 원리입니다.

컴퓨터 애니메이션 전문가 크레이그 레이놀즈는 새 떼들의 움직임을 토대로 가상 프로그램을 만들어 그 사실을 증명했습니다. 각각의 새들은 자신의 앞뒤나 옆에 있는 새와 가까이 있으려 하되, 부딪치지 않으려 하며 비슷한 속도로 날고자 합니다. 따라서 무리 지어 일사불란하게 비행하는 일이 가능한 것입니다.

지도자의 존재나 공통의 목표 없이 이루어지는 철새들의 비행은, 집단생활을 하는 인간의 모습을 돌아보게 합니다. 우리 또한 옆에 있는 새를 따라 날아가는 새들처럼 가장 가까운 사람들과 영향을 주고받으며 살아가기 때문입니다. 힘들었던 어린 시절 타인의 도움으로 일어섰기에 자신도 어려운 아이들을 돕는 것이라는 자선사업가의 사연, 아빠의 폭력을 보고 자란 아들이 다시 폭력을 휘두를 확률이 높다는 연구 결과를 떠올려봅니다.

우리가 하는 일은 선하면 선한 대로, 악하면 악한 대로 옆 사람, 다시 그 옆 사람을 통해 전해집니다. 그러니 무엇이든 '나 하나쯤이야'라고 생각할 일이 아닙니다.

선행이 번지면 세상은 밝고 평화로운 쪽으로 변하고, 범죄가 이어지면 그 반대가 됩니다. 개개인의 행동이 모두 모여 거대한 인간의 무리가 특정한 방향으로 비행을 계속하는 것이겠지요.

분명한 것은, 누구에게나 그 방향을 바꿀 힘이 있다는 사실입니다. 우리는 누구나 한 방향으로 먼저 날아오르는 한 마리 새가 될 수 있습니다. 비뚤어진 세상에 대한 울분, 아무것도 바로잡을 수 없다는 무력감에 빠져 있다면, 인류가 나아가야 할 방향을 고민하기 전에 내가 바로 옆 사람에게 무엇으로 좋은 영향을 줄 수 있을까 생각해봅시다. 그리고 아주 작은 것부터 실천해봅시다. 그것이 바로 세상을 바꾸는 시작이 될 것입니다.

○

우리는 말과 행동에 영향을 받고
말과 행동으로 영향을 미칩니다.

그 과정에서 좋은 말과 행동을 할 수도 있고
그 반대일 수도 있습니다.

그러니 세상을 욕하는 만큼 책임도 져야 합니다.

첫차를 타는 당신에게

1판 1쇄 발행 2015년 1월 23일
1판 2쇄 발행 2015년 12월 15일

지은이 서주희
펴낸이 김성구

기 획 김민기
책임편집 박유진
단행본부 박혜란 이미현 이은정 나성우 김동규
디자인 여종욱 문인순
제 작 신태섭
책임마케팅 손기주
마케팅 최윤호 송영호 유지혜
관 리 김현영

펴낸곳 (주)샘터사
등 록 2001년 10월 15일 제1−2923호
주 소 서울시 종로구 대학로 116 (03086)
전 화 02−763−8965 (단행본부) 02−763−8966 (영업마케팅부)
팩 스 02−3672−1873 **이메일** book@isamtoh.com **홈페이지** www.isamtoh.com

© 서주희, 2015, *Printed in Korea.*

ISBN 978−89−464−1891−2 (03810)

이 도서의 국립중앙도서관 출판시도서목록(CIP)은 서지정보유통지원시스템 홈페이지(http://seoji.nl.go.kr)와
국가자료공동목록시스템(http://www.nl.go.kr/kolisnet)에서 이용하실 수 있습니다.(CIP제어번호: CIP2015001694)

값은 뒤표지에 있습니다. 잘못 만들어진 책은 구입처에서 교환해드립니다.